少年，醒一醒

曹卢 著

作家出版社

目

录

序　言

爱情，醒一醒

年少，醒一醒

大学，醒一醒

未来，醒一醒

朋友，醒一醒

你啊，醒一醒

结　尾

序 言

缘，源，圆

　　我是一个很相信缘分的人。

　　世界万物，如果能够相遇并且产生千丝万缕的联系，那一定是因为缘分到了。缘分深的能做家人亲眷，缘分浅的便是匆匆过客。若是两个本应该天各一方的人不仅相识，而且相谈甚欢，仿若失散多年的兄妹——这恐怕就是我与曹卢的缘分吧。

　　在曹卢之前，我对上海人无感。如果你在北京生活，你应该能理解这种无感从何而来。归根结底，在北京的上海人实在是太少了，基本上只存在于口口相传和影视作品中。就像曹卢在之前广播中常说到的，他对北京与生俱来无好感，但近几年来的次数多了，人也上了岁数，反倒是能欣赏"帝都"的美景与底蕴了。

　　我很小的时候就知道，北京和上海就像两条平行线，注定没有交集。我爸常说，吃不惯上海的饭菜，量小得惊人也就算了，包子竟然是甜味儿的；月饼和粽子不吃甜的，反而吃咸肉的，简直和北京是两个世界。我妈则说，上海男人比北方男人好，会心疼人，怕老婆，就是有点儿抠门儿，不过这也叫会过日子。在我看来，上海人天生看不起北京人，迁都到上海的传闻，我打小儿就听过无数次，连带着对上海人也没了好感。等长大了走入社会，偶尔见到一个半个的上海人，大多也会面上微微笑，恭维一句"国际大都市来的"，但是心中肯定会暗暗较着劲，心说：有什么可牛气的？

　　现在想来，北京和上海其实挺像一对孪生兄弟，骨血中流淌着一样的基因，但是经过不同环境的熏陶，模样就生了变化，一个沉稳内敛又庄严谨慎，一个开朗洋气又热情奔放，一旦互相敞开心扉，能够成为至交好友也就不稀奇了。

　　可能在很多人看来，曹卢是"非典型"人民教师，相信另外写序的朋友也会提及，我就不多赘述了。总之，他的特别，那是相当特别。抛开外在的一些噱头，我之所以能够和曹卢的缘分越来越深，其实还是因为在思想这个"源头"上的一些共鸣。

　　他是一个善于观察和思考并且乐于分享的人。他时常是身边朋友的"垃圾桶"，能够接收一切酸甜苦辣的人情冷暖，可贵的是，还能在别人的故事中有所感悟，表达出自己的观点和态度，并且通过文字、电波传递给更多的人。我认真看了他的第一本书《也许事实不是那样》，当时是在出差回京的飞机上一气呵成，看得相当过瘾。虽然是红眼航班，但是丝毫没有困意，只是遗憾自己大学时期怎么没有遇到这样的辅导员，不然一定能够少走不少弯路。

他也是一个心思很细腻的"中央空调"似的人。记得第一次在电台里听他说自己是中央空调，我还特意发信息问他是何意。他解释说，就是想要温暖身边每个人的那种人。后来，我觉得是泛指心地善良、内心敏感、喜欢照顾身边人情绪的一种人。好巧，我也是。如果你是他的朋友，你会发现，他愿意花时间帮你偶然提及的旅行查攻略、订酒店，也愿意在你过生日或者值得庆祝的时候制造一些小惊喜。他仿佛有许许多多的朋友和取之不尽用之不竭的资源，说白了，还是用人品换的。做人如曹卢，我是很佩服的。

就是这么一个周全到有些不可思议的人，在百忙之中，竟然要出第二本书了！更不可思议的是，会找我给他的新书作序。一个"规规矩矩"的高校教师，一个"本本分分"的企业白领，由汽车和共青团结缘至此，也是妙不可言。

我一直觉得，人生本就没有圆满的事。能够在苍茫人海中寻得一知己好友，在纷繁事物中觅得片刻清净自在，就是无比圆满的。就像此刻，如果你读到了曹卢的这本新书，那么，我要恭喜你！这就是你与曹卢的一段缘分，希望在读书的过程中，你能够得到欢愉、感到自在。祝你如他一般，成就一段圆满的人生！

北京汽车集团团委书记　肖晶
写于催稿至死也绝不将就的北京家中

山河远阔，人间烟火

真的很难想象，我和老曹会成为挚友。

从外表来说，老曹是个潮人，长相完全可以吸引一票小迷妹跟在他后面尖叫，他也有那个颜值去做网红甚至流量小生。我长得比较着急，人也比较老范儿，从来都不太重视自己的外表，毕竟出厂配置比较低，再升级也没什么用。

从性格来说，刚认识的时候，我们都觉得对方很好接触，而且都会觉得对方很够意思，但老曹和我在骨子里都是有着极强个性的人，我们用左右逢源的方式和圆滑的处事态度来包裹自己的灵魂的棱角、来面对外界浮躁的生活，只有认定这个人的时候才会把棱角展现给对方。所以，最初与他相处的时候，确实是有些针尖对麦芒的感觉。

星盘中，天蝎座和金牛座从宫位来讲是对宫宫位，他是天蝎座，我是金牛座，我们俩确实应该是看对方很不顺眼的才对。

但事实上，我们看对方都很顺眼，而且越来越顺眼，因此才成为了挚友——茨木童子和酒吞童子的那种挚友。

有关老曹的第一本书《也许事实不是那样》，几乎所有的计划都是在喝酒的时候定下来的，无论是出版计划还是线下的分享会和见面会，几乎都在酒里。这不，这第二本书《少年，醒一醒》的相关事宜也是在喝酒的时候定下来的。如果我当时没喝断片的话，有关第二本书的事情，我们足足商量了8个小时。

可能我们都想在彼此的世界里保留最简单最纯真的样子吧，虽然我们都是相当复杂的人，这才选择了做彼此的酒友。但，酒要少吃事要多知。我不求我们这种酒友的关系能成为俞伯牙钟子期或者羊角哀左伯桃，我只希望我们能像郭德纲于谦这"老两口子"一样，做彼此最不可动摇的搭档。

您只管写，我给您捧着。您是角儿，我是你曹卢背后的男人！

我听过畅叫扬疾，也听过鸦雀无声。

我看过车水马龙，也看过蛛网尘封。

我尝过三牲五鼎，也尝过剩饭残羹。

我想过许多可能，也想过许多不可能。

闲居深山，觥筹交错。

开怀大笑，泪眼婆娑。

水天一色，戈壁沙漠。

山河远阔，人间烟火。

无一是你，无一不是你。

作家出版社编辑　李夏

Just kids

　　和曹卢的几次见面都可归为"以事会友"——
对于成年人来说，纯喝咖啡显然太浪费时间，"以
事会友"才显得高效、精英、有范儿。

　　第一次见面美其名曰"筹备新书发布会"。
《也许事实不是那样》是他的第一本书，人生中的
第一次，总是要郑重、紧张、正式些的。然而那
天吃了喝了，所谓"筹备"的结果就是确定了时
间和嘉宾，其他一概暂定。

　　也没什么好定的，新书分享这种事儿，如果真
定了提纲，味道就变了。偏偏是，我们共同的朋友
还真是很好心地写了个提纲，怕台上冷场——这事
儿发生在会友后的一个月，发布会开始前那天。
对于我和曹卢来说，简直有毒。

　　本来，我们就是一上台便能滔滔不绝，完全
顾不上台下人胃口的自然熟派，说到哪里是哪里，
笑也可以哭也可以。这提纲一来，不看显得不尊

重；一看，就反，想着得准备点儿台词什么的。

所以第二次见面就是新书分享会，在我的悦览树。

曹老师很用心地穿了白衣，把另一位嘉宾小跑"东西实验室"出品的贴纸什么的都做了人肉广告。

聊了很久，台下的提问也是五花八门，主要因为老曹身份太多，每个身份对应的受众群都有话想说。我很庆幸一开始就录了音，做成音频，得以千秋万代。

也是那次之后，对于一直想做的关于"斜杠青年"的选题，我也有了动力——让曹卢帮我一起编。

一来，曹卢自己就是一个典型的"斜杠青年"：老师、作家、旅行家、生活家……这次再送他一个"编辑"的头衔，多多益善。

二来，曹卢的文字感不错，善于从日常生活中发现有意思的细节，而不是扯那些大而空的道理——这是文字工作者很优秀的品质。比如这本书里，《如果你当我BF，你会带我坐头等舱吗》《远离那些以"有用"来衡量你的一切的人》……以小见大，笑中有泪。

但这事儿还没定，每次"以事会友"都被"会友"取代了。但还好，先有了这本《少年，醒一醒》。

曹老师不年轻了，学生都送走一届了，但他本质还是个孩子，"Just kids"代表永不停歇的灵感。一个向善、天真、需要拥抱，倾向给予，朝向光的来源；一个念旧、革命、偏执，以劳动和争斗为乐。他会让我想到汤姆·索亚和哈利贝克·费恩，我会永远喜爱他们，因为让人讨厌的精力过剩，永远不会安分守己地到处流浪，他们健康勇敢，散发出不褪色的生命活力。

作家　蒋瞰

不记得是什么时候，身边总是充斥着负面的新闻和消息，似乎还在以迅猛的趋势发展。这个时代的人很矛盾，把这些当成茶余谈资，说着愤世嫉俗的话，仍有事件恶化。也许我们想做什么又做不了什么就是网络自由时代的代价吧。

前几天我翻微博，偶尔刷到《学猫叫》作者的微博，不经意一句"歌词无脑"，招来很多谩骂。想想身处如此社会下，学会被骂可能也是一项生存技能？本想和他们大战一回，转念一想，谈言论自由，谁还不是网络暴力中的可怜人。我为自己的真话付出代价，隔着屏幕的他们张着血盆大口，肆无忌惮地谩骂。不知道他们是否考虑过自己所维护的，是不是确实是无害的。

这件事情本来就不是在讨论歌词是不是真的无脑，而是从最根本的言论自由和网络素质反映出了一些问题。这个时代，每个人都可以表达自己的想法，但社会的包容并不代表可以随口就骂。

前几天和朋友讨论一个问题：为什么现在人们接受负面消息比接受积极的要高效很多？最后总结出来的原因是，社会太安稳了，比起上个世纪的年轻人，我们似乎过得毫无忧虑，世界和平也变成了宇宙和平，顿顿吃肉也变成了绿色食品。

这样一个社会可能对我们来说司空见惯，网络的意识流的的确确影响着我们这一代和下一代。2018年9月，19岁甘肃女孩跳楼一案沸沸扬扬。人愈大，渐渐明白何为越长大越不容，越觉得那时候的想法真是可耻，再回头看看当年那句话，也才恍悟——通常能说出这句话的人，牺牲的都不是自己。

对19岁少女的围观，劝跳的大家一致讨伐，也许这是网络社会在慢慢进步的倪端。但是也许事实不是那样，那些口出狂言的人依旧逍遥自在，逝去的生命却没有给民众带来任何刺痛的鞭笞。这个网络，这个时代的缩影，何尝不是一间网络屠宰场？每个人接受着社会的注视，注视着他人，也被注视。也许暴力发生在自己身上时才开始思索，也许当你被迫逼入绝境时，登上某处的天台，双耳充斥着楼下的嘲讽声，恍惚间才能发现曾经相似的影子，悔恨却毫无用处。

昨天爬楼时，看到写字楼外高空工作的空调安装工，驻足凝视许久，胆战心惊，直至他的高空作业完毕，我才放心离开。想想，生命是最后的底线，绝不可开玩笑。人排斥改变，向往自由，是这个社会主流的声音需要改变。这是我们学会如何分辨是非的技能，也是这个时代里，我们这辈人该做出的变革。

我一直在想这个社会应该是怎么样的，想了很久还是放弃了，因为我没有任何理由和动力去想这些，就算想通了又能做些什么？想这个时代敢于说真话的人微乎其微，趁着某个下雨天，吹着空调，为何不看看曹卢写的《少年，醒一醒》？远离网络，放下手机，看看你所谓的事实，到底是不是事实？也许你能在这本书里，感受一个你前所未有甚至惊呼为知己的世界。

律师　沈巍

Dang

"Dang"这个音虽然只有一声，但它是背后隐藏一万句催促的象声词，是我们最近交流最多的话。

我是一个有点儿拖延症的人，经常会把事情拖到最后两天去做。（以下开始辩解）其实也不是有意推脱，只是会习惯性地把所有的前期工作做好，再去开展需要做的工作。嗯……这样说舒服多了……

老曹？曹老师？暖男曹？网红曹？汽车曹？职业太多，一时间想不出怎么称呼。

翻了翻微信的聊天记录。2018年10月，我们相互加了好友，之前在微博也会有评论互动，他还支持了我的第一张原创专辑。我还记得老曹第一次私信我的内容："话说，我能做你的粉丝朋友吗？我刚收到你的签名专辑，若不嫌弃，我送你本书吧。"当时看了私信，好奇地打开他的微博首页——嚯，粉丝五万多，比我还多一倍！又默默地看了看他的介绍：旅游博主、同济大学辅导员等等。于是，心里嘀咕：这是高手……这是高手。所以还很官方的回复了谢谢，随后通过微博加了微信好友。本想可能以后也就是"点赞之交"，没想后来老曹绝世感人，放下自己的"偶像包袱"跟了我的三场巡演。也把自己听歌排行的年终总结发给了我，戏称自己改名"曹大宝"算了，完全没有包袱和架子。后来，我们成了很好的朋友。

我们的第一次见面也是2018年。11月11日，一个很好记的日子。我在苏州有演出，老曹很早就到了，坐在第一排靠窗的位置，我上台演出的时候才看到他。两小时演出结束，匆匆忙忙地寒暄了几句。他比照片上帅，还很有气场，给我的第一印象是儒雅、帅气，让我觉得有点压力（当然不存在）。他双手递给了我他写的书，也是他的第一本书《也许事实不是那样》。其实我是一个平时完全没有阅读习惯的人，获取知识基本是靠旅行、跟人交流或者亲自实践。我接过书翻开一看，一整面的赠言，真诚不失诙谐：

Dear大宝，从听你的歌到爱上你的声音只需1秒。希望你也会喜欢我的书。祝顺利！

看完很感动，也很开心，心想这次我一定要把这本书读完。后来这本书就陪着我走完了后续的巡演，在巡演路上都会翻开看看，也开始细致的了解老曹。这个在年龄上跟95后、00后有好几层代沟的"糟老头子"竟然这么了解这些年龄段的孩子们的心理，不过回头想想，毕竟是大学辅导员，毕竟接触的群体都在这个年龄段。

我很喜欢老曹的表达方式：简单直接，抨击一些不好的社会现象，同时也根据自己的人生经历、阅历给年轻人更好的引导和建议。我们在这里是有共鸣的。

后来也对他有了更细致的了解，不仅在自己本职的汽车方面学术精湛，还自己做公众号自媒体，积累了不少鸡汤读者，受广大学生的喜爱和追捧；旅游达人、潮流轻奢生活规划师等等等等，在校园、在网络都是红人。在享受职业带给自己的社会地位和生活感受的同时，还做着自己喜欢的事，这不是人生赢家是什么？实名羡慕！话说回来，在这些光鲜背后，付出的辛苦和努力一定都是翻倍的。所以，老曹这个人不简单。

我们平时朋友圈互动也很频繁。巡演之间，老曹说："你最后一场我一定到。"长达半年的全国巡演，最后的收官之战对我来说意义重大。演出当天，老曹如约而至。因为现场人数较多，演出结束后有庆功、签售等一些环节，以至于我们又是草草聊了几句就分别了。他说他要写新书了。我打心里高兴。还告诉我，第二本书里想让我参与。当时听到就想：应该就是在书里面出现的一个角色吧，很荣幸。

后来，老曹突然来了消息，还很客气：有个不情之请，不知道你会不会答应。

嗯？咋的了这是？这么"三头六臂"的人还有需要让我出面的事儿吗？他说回了当初我们潦草聊到的话题，就是第二本书。他说想让我写序，一个光荣的使命。其实对于我这种完全没有阅读积累的人，写序对我来说太牵强了，这是赶鸭子上架啊！受宠若惊，但我还是欣然起笔，努力地把这件事做好，因为我认老曹这个人。

起初跟他争取了半个月的时间。半个月，他给我的回复依然像他的文笔那样简单粗暴："给你半个月估计你也是提前一天给我……"后面的内容在这里就省略吧。兄弟，人艰不拆呐，哈哈哈哈哈。

后来申请了一周的时间，把这篇使命般的序交给他。嗯，今天是一周的最后一天……我们的交流方式很简单，基本都是用无数个"哈哈哈"来衔接，毕竟是两个有趣的人。

第二本书，老曹给它起名《少年，醒一醒》，虽然还没有看到这本书的手稿，但听名字就很励志，很"曹式"鸡汤。他自诩这本书为青少年科普读物，青春励志文学。我还是很期待的，想看看他又要写出来什么样的经历和故事。或许又能引起我的共鸣，也或许能让我们有更多的讨论话题和意见上的交流。我相信这会是我们之后在一个合适的时间、合适的地点坐下来慢慢去聊的话题吧。除了音乐，还可以聊聊我们的生活或以外的东西。这样真好。

感谢相识。我一直相信，有缘的人，早晚都会相识。祝好！

歌手　孟大宝

爱情，醒一醒

今天要说的故事，我先对朋友说了一遍。

她问我："这是谁的错呢？"

我说："没人有错。"

事情是这样的。

我一朋友，最近寂寞了太久，想谈场恋爱，正好有个人每天和他相聊甚欢，虽然没正式说过"我们在一起吧"这样的话，但是看看聊天状态也差不多快要在一起了。

有一天，他订机票的时候顺口跟对方聊起来，说打算订头等舱，因为航班时间是半夜，路上时间又长，到达旅行目的地时多半儿会很累。加600块可以好好睡一觉，下了飞机出去玩时不至于太疲惫。而对方却说自己从来不坐头等舱，隔了一会儿又问："如果你当我BF，你会带我坐头等舱吗？"

看似带着些撒娇态度的一句话，甚至有着一些暗示意味的话，也许只要顺水推舟地说"当然！

不过首先我要是你的BF"就可以捅破最后一层窗户纸。却忽然让他不知为什么，有些抵触，甚至反感。

你有没有过这种经历？

就是你本来对一个人最初的观感不错，甚至可以说是挺欣赏的，突然因为什么事，让你对他忽然心生厌恶。即使觉得产生这样的厌恶感是不对的，自己都觉得这份情绪来得有些莫名其妙……但这又的的确确是许多关系向下滑坡的开始，心理学上的"光环效应"往往如此，喜欢一个人的一点，连带着整个人都顺眼起来；被踩了雷区，相处起来很难控制自己不去找出更多证据，来佐证自己的反感。

每个人都有自己的雷区。

比如有的人受不了别人装，讨厌那些对他人情绪不敏感还觉得自己倍儿直爽的；讨厌抽烟喝酒的人；有人热爱电影，因为自己的男朋友在电影院睡着了而最终选择分手（虽然听起来很夸张，但那一幕确实在她心中挥之不去）……也有个女孩告诉我说，她和一个男生本来关系还不错，结果有一天一起去上课，发现没有两个人并排的座位了，她本来想分开坐或者问问别人能不能换位置，结果男生直接把一个人放在桌上用来占座的书包扔到了后面一排。就是这么一个微小的举动，忽然让她回忆起许多零零碎碎的细节，比如他在图书馆占座被罚义务劳动时的咒骂等等。她最终意识到：两个人不合适。

行为不只是行为，每一个下意识的行为，每一句不经意间脱口而出的话语，其背后都有一套大脑的逻辑体系、肢体的惯性。我们会宽容，但真正让我们心存芥蒂的，是价值观的不合、为人处世的迥异态度。

坐不坐头等舱无关紧要。或许只是他想要找一个与自己消费观和价值观都契合的人；也希望即使在谈恋爱，每个人也能保持独立，不要摆出一副依赖的样子，不要总是希望对方来哄自己。平等的前提是独立，如果你想坐头等舱，请尽可能先自己努力争取。但"依赖他人"就是非分手不可的理由吗？

有时候人会迷信于"合适、不合适"这样的区分法，一旦被踩雷区就像一只被踩到尾巴的猫那样一跃而起，眯着眼睛打量一会儿选择走开。可问题是，每个人都应该知道，找一个不会有任何地方让你不喜欢的人，没那么容易。少看点浪漫的爱情文学，多注意生活的点滴，你会发现，极少有人这一生，会遇见一个完全契合的人。

也许在感情联系还不深的时候，他们会选择直接放手离开，可等到两个人已经建立起了亲密关系，习惯了彼此的陪伴时，那些相悖的价值观、相左的行为习惯，往往会让两个人开始彼此要求：你为什么不能为了我而改变呢？

希望你不要再迟到；希望你工作上更努力；希望你经常锻炼身体；希望你多承担一些家务……在随便一个家庭里，你都可以感受到这种无时无刻不在的期待和要求。

我并不反对"为喜欢的人做出改变"这种事儿，你喜欢她，愿意变成她喜欢的样子，不是坏事，可是那应该是你自愿的，而不是因为对方威胁着"如果你不改变，我就没法爱你"。就像《神奇宝贝》里的喵喵，还是一只流浪猫的时候爱上了一只贵族猫玛丹娜，告白时，玛丹娜问它："你会像人类那样说话吗？像人类那样走路吗？"而当它为学会了说话甚至放弃了自己原来的天赋技能之后，玛丹娜却说："会说话的喵太恶心了。"

　　如果你没有办法接受抽烟的女孩子，偏偏一个喜欢你的人却抽烟，你对她说："你必须戒烟，因为抽烟是我的雷区，所以你戒烟了我就和你在一起，不然我就不爱你。"

　　她会相信你爱她吗？

　　有点儿脑子就不会吧。可是恕我直言，好多人就是没脑子。

　　也可能，只是短暂的一场热病。疯狂地迷恋上一个人，带着欣赏，带着仰慕，甚至崇拜。你在心里为他造了一座神庙，打算供奉他、信仰他。然后有一天，大病初愈，你发现这个人原来也有缺点，也不过是个凡人。你开始百般挑剔，信仰开始崩塌，越来越不愿意理睬他，冷漠而疏离，说着自己忙没时间回复消息，其实却跑去和朋友诉苦说，"我刚认识他的时候，他不是这样的！""我想和他好好在一起，但他那个样子真的很让我受不了，我有错吗？""我开始觉得他不值得我喜欢了，其实我可以找个更好的不是吗？"

　　谁的错呢？

　　那个人欺骗你了吗？

　　你迷恋过他，但还是不爱。

喜欢的可以不喜欢，但爱是包容，你必须包容那个人的不完美，你知道他不够好，但他就是他。如果他会因为一个原因不爱你，那他就是不爱你。

他会被你的热情打动，会被你的退让感动，但即使在一起了，你也会发现自己在玩恋爱版扫雷，稍不留神就game over，你还觉得是自己没有玩好这盘游戏。

他或许并不爱你，只是喜欢你的殷勤陪伴。他会喜欢这个世间的许多人，像是喜欢一朵好看的玫瑰，但是你不是独一无二的那个。他或许想撩你、想睡你、想找刺激、想春风十里……如果运气足够好，两个人足够糊涂，也能勉勉强强彼此忍耐，相伴一生。

唯独不会爱你。

最后送大家一句拜伦的诗："为爱而爱，是神；为被爱而爱，是人。"

愿你们都爱且被爱，心中圆满。

请时刻想着『爱他』，而不是『他爱我』

"曹老师，我应该在喜欢的人面前表现出不好的一面吗?"

有个姑娘这么问我。一个月前她被一个男孩要了微信，原本只是出于礼节的交换，聊了一段时间却意外地投机。每天早安晚安分享生活，她觉得时机差不多了，对方也挺喜欢自己。可对方迟迟不表明态度，她想要推动一下进程，却又拉不下脸去告白。感情苦闷之余工作也不顺心，借酒消愁，故意一个人去了酒吧，喝醉了借着酒劲给男孩打电话，叫他来接她。

我说:"你期待电话那边怎么回应呢?"

她愣了一下，说:"就是，如果他来了，就说明他担心我，那我就借着酒劲捅破这层窗户纸呗;如果他不来……那我就再喝两杯，把他拉黑，然后回家睡觉吧……我本来是这么想的。"

"那他来了吗?"我问。

"没，他就叫我少喝点，然后给我叫了车。"

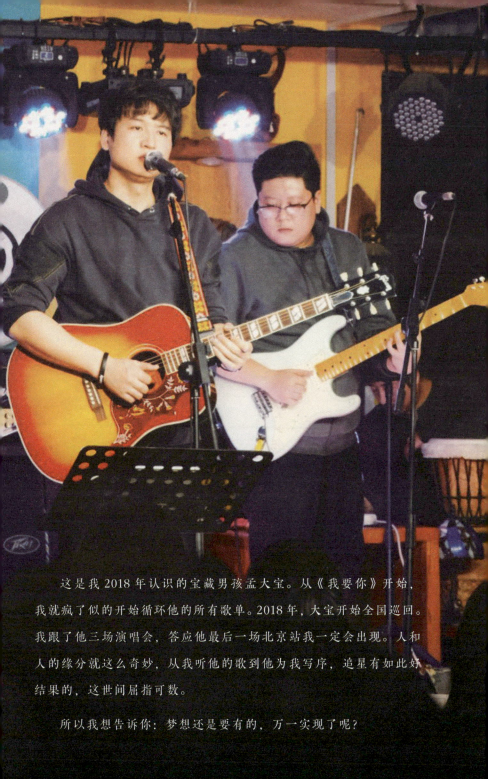

这是我 2018 年认识的宝藏男孩孟大宝。从《我要你》开始，我就疯了似的开始循环他的所有歌单。2018 年，大宝开始全国巡回。我跟了他三场演唱会，答应他最后一场北京站我一定会出现。人和人的缘分就这么奇妙，从我听他的歌到他为我写序，追星有如此好结果的，这世间屈指可数。

所以我想告诉你：梦想还是要有的，万一实现了呢？

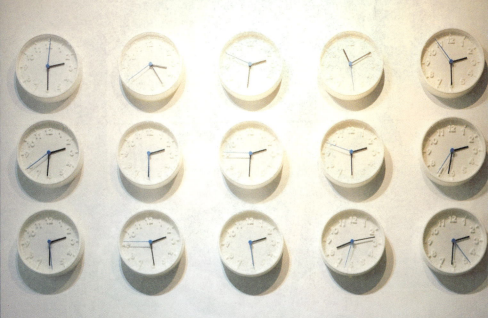

　　我寻遍世界的时间，只想让自己沉浸在曾与你一起的每一分每一秒。有人憎恨时差的存在，我却感恩自然的伟大，让我在过去、现在、未来都能遇到你。

"那你拉黑了吗?"

"唔,毕竟他还给我叫了车,应该还挺在意我的吧……我本来就想装作什么事都没发生的,但是这两天感觉他不太爱回我消息了。你说,是不是我惹他心烦了? 我是不是应该在他面前再'装'一段时间啊?"

"哦,是也不是吧……"

"这样啊……"

"嗯……"

其实我挺理解这个男孩的。即使只是暧昧关系,也都是从互相有好感开始的。但随着认识的加深,与一部分人的"他怎么突然不理我了"相对应的,是另一部分人的"他怎么和我最开始认识的不一样啊"。就像某首歌里唱的:

Right from the start you were a thief, you stole my heart

最开始你是一个偷心贼

And I your willing victim

而我心甘情愿成为你的受害人

I let you see the parts of me, that weren't all that pretty

我让你看到我那些不完美的部分

And with every touch you fixed them

你轻触就愈合了我的伤痕

Now you've been talking in your sleep oh oh

而现在你却在睡梦里说着

Things you never say to me oh oh

你从来没对我说过的话
Tell me that you've had enough
你说你已经受够了
Of our love，our love
受够了我们的爱

即使相爱了也逃不过"人生并不如初见"的命运吧，更何况是暧昧的时候呢。

还记得大学室友第一次谈恋爱的时候，平时10元钱搞定洗剪吹甚至还想要自学剪发，却花了88元去美发沙龙店剪了头发，回来对着镜子左看看右看看；一年四季运动服运动鞋的男人，破天荒买了件风衣；甚至还买了双皮鞋，每次出门约会前都擦得锃光瓦亮。我们看着他人模狗样的怪好笑的，但这大概就是爱情的力量吧。

无论你们是否承认，我们总是在爱情萌芽时，有意识无意识地表现出自己认为的最好的一面。一口半个汉堡的女孩在喜欢的人面前鸡腿都不肯拿起来啃了，穿拖鞋上课的男孩竟然开始每天洗头了。我们像是都在努力维护一个幻象，让自己尽可能可爱，尽可能不食人间烟火，仿佛只有这样才能让爱情变得浪漫，远离俗气的现世。

但后面的事大家都知道了，王子变青蛙不是童话，白裙飘飘的梦中情人也会放屁问你臭不臭，帅气男孩瘫在沙发上抠脚……有些"恶劣互动"在外人看起来十分有爱，有种欢喜冤家的感觉，但我觉得这只是对现实的妥协，毕竟，如果我的爱人捏着我的肚子，满怀爱意地说："亲爱的肉又多了呢！"我是一点儿也不会开心的……

就是因为暧昧以及恋爱初期的时候，大家都努力表现得完美，所以展现不完美有时候反而能拉近两人的距离。想要更进一步的人，往往会抱着试探的心态，尝试展示自己不完美的一面。曾经是"我可以漂移不定，可以调整百分比，只要你爱我一切都没关系"，越是想要确定下来关系，越会开始思考"这个人喜欢的是不是真实的我"。就像那个喝醉酒的傻女孩儿一样……但比起一个人跑去酒吧喝醉让我去接的女孩，我更加欣赏喝酒有度、有自我保护意识的女孩。而且，一个人跑去喝醉不是明摆着的试探吗？只不过这种试探带上了一些要挟的意味，也就比坐在天台上打电话说"不爱我，我就跳下去"好上那么一点点儿。要是我是男孩，肯定也觉得压力好大。

难道他不来了，你就打算放纵自己吗？他不喜欢你，你就可以一个人深夜买醉把自己置身于危险环境之中？这样的做法也许也会让对方心疼，但更是一种负担，因为你把太多情感赋予他了。

所以，不要刻意地拿"展现弱点"来试探对方的态度，很可能会让本来发展良好的关系胎死腹中的。未来会怎样，每个人其实都心知肚明，你有你的弱点，他有他的缺点，但以后的事还是以后再说吧，在恋爱初期还是保留一些必要的朦胧美比较好。

或许有些人对于自我有一些必须坚持的东西，但对方极有可能不接受的，于是抱着及时止损的态度去试探。我认为，自我不止一面，有些坚持不是爱情的前提。我们可以在互相了解得足够深入的时候，找一个好的时机向对方坦诚这一面，而不是一上来就准备好在对方说"不"的时候转身离开，顺便给对方判了死刑。我相信，在对方足够了解你的时候，他就能够理解你的坚持。所以，不要小看了爱情，也不要小看了对方。

"如果他真的喜欢我的话，他也会喜欢我不完美的部分。" 少女漫画里，女主就算怎么犯傻把事情搞砸，"狗血"到拿着喇叭朝对方喊话，男主都会觉得可爱。可是，帮帮忙，现实生活不是少女漫画，"如果他真的喜欢我，他就会……"大部分情况下都是伪命题。

恋爱稳定的时候常常会滋生一种 "被偏爱的有恃无恐"的心理，情歌都唱得特别好："All of me loves all of you"，我爱你的全部！我相信大部分情侣都有这样的时刻，有那么一阵子看这个人哪里都顺眼怎么都可爱，想要宠着对方的所有优点和缺点。虽然爱情的片刻璀璨充满了诗意，但面对柴米油盐和生活对我们的煎炒焖炸，存活下来的都是细水长流。

美剧《了不起的麦瑟尔夫人》带火了一句话，"真正的精致女孩，是老公也没见过自己素颜。"麦瑟尔夫人每天在老公入睡之后才卸妆，并卷好头发，在老公醒来之前就先化好妆，然后再躺到床上假装刚刚睡醒的样子。

《28岁未成年》中的倪妮也是如此，放弃自己的梦想，青春的10年都给了这个人，多年来都在老公面前表现得精致完美。但无论是麦瑟尔夫人还是倪妮，最终都经历了背叛。

很多姑娘（自以为）明白了，爱情里要坦诚，别说为了对方而收敛自己的缺点了，就算是化妆都是在压抑自我！是虚假的，是不真诚的！不如做自己！

那今天就素颜见他吧，嗯，又可以多睡半个小时了！

醒醒，爱情三十六计，要随时保持美丽，美丽无罪，重要的是，美是为了自己。再说了，你也做不到这个程度……剧里说的"自我"是独立、梦想、热情、才华，在这些真正散发魅力的东西面前，是不是皮肤光滑妆容精致就显得很次要了，当然除非你的人生意义就是保持青春美丽。其实也无碍，重要的是那是为了你自己，而不是为了让对方继续爱你。

那么，坦诚就要把缺点都暴露给对方吗？不妨想象一下，当你歇斯底里，哭成熊猫眼，喝得烂醉，又哭又闹的时候，把对面的那个人抽离掉，反观你自己，这是你想要变成的样子吗？

濮存昕写过一篇文章，每个人都有自己的阴暗面，把自己阴暗的地方藏起来，这就是人的修养。

年轻的时候面对不喜欢但又不好意思拒绝的追求者，我一般会采取展现缺点方案，屡试不爽。比如故意迟到啊，然后还不洗头啊，尽情释放自己的表达欲而不在乎对方的感受啦。秘诀就是抓住对方的痛点，将自己的缺点发扬光大。

既然我们知道这些面会让人讨厌，为什么还要对喜欢的人这么做呢？我更愿意的是，做个有修养的人，即使对方是个会包容你一切缺点的人，为了我自己，我也要追求完美。而且，追求100分，才能做到80分啊，如果目标就是80分，而在恋情里展现无所谓的态度的话，最终就很有可能不及格吧。

这句话出现在 2017 年的电影《我，花样女王》中，当 Tonya 带着男朋友见自己的母亲时，朋克系的母亲这样问男孩：

"你是花，还是园丁？"

一个英国朋友说，他父亲给他传授的恋爱秘诀就是"时刻告诉自己，她就是这个世界上我最爱的人"。

对，时刻想着"爱他"，而不是"他爱我"。努力做个giver，而不是 seeker。

暴露缺点是轻松的，追求完美是辛苦的；被爱是轻松的，爱人是辛苦的。如果我们都想偷懒，爱情就经营不下去了。

专注于"爱他"而不是"他爱我"的原因在于，对方的感情是我们无法操纵的。我也有一段时间很迷信一些两性秘籍，怎么推拉，怎么保持神秘。适时地挂断电话，即使你很想他；故意地保持距离，来延长新鲜感；努力让自己的生活多姿多彩，来对他产生吸引力。需要手段来操纵的关系会持久吗？我的意思是，你愿意把你的时间精力都花在猜测对方是不是喜欢你和如何让对方更喜欢你上吗？一旦陷入了这样的怪圈，如果你还相信爱情，你不会享受这个状态。所以不要因为"他爱我"而有恃无恐，也不要因为"他不够爱我"而拼命索取并且吝啬自己的爱。

很多人的付出，只是为了让对方付出更多，无条件的爱往往只存在于人们对对方的期待中。但就像宽容的品质只能要求自己而无法要求别人一样，在感情里接受对方的缺点，包容对方的不完美，是自己的修行。虽然，有时候你还是会被对方理所当然的态度气得当场昏厥，但还是要相信，我们都在变成更好的人。

当然我不是在鼓吹一味地付出，我是说，在实现个人价值的同时，以独立的个人去无条件地爱对方，是一种修行。

我始终相信，独立积极的个体是爱情美好的前提。喜欢是放肆，爱是克制。不是爱情要我们克制，而是生活要我们克制。因为我们生性懒惰自私，但我们也有浪漫与爱的基因，克制是为了让我们配得上更好的自己。

愿你和你的伴侣，相互依偎而又各自独立。

中年人的爱情故事

　　转眼20岁过了，又一转眼30岁到了。按照我国的国情，35岁往后的20年是中年阶段，分明还有5年，心态上却觉得自己已然算是个中年人了。

　　都说16岁至21岁是最适合谈恋爱的年纪，错过了那段时光，会突然意识到爱情只是错觉，从此再难拥有心动。其实单身到中年，也依旧渴望爱情，只是未免对爱情的期盼有所不同。中年人的爱情是怎样呢？

　　一天，她大失所望，曾这样对他喊道："你没有看到我是多么不幸吗？"他以他特有的动作摘下眼镜，既不愠怒，也不恐慌，只是用一句话就让她知道了他那惊人的智慧的全部分量，你要永远记住："一对恩爱夫妻最重要的不是幸福而是稳定的关系。"

　　　　　　　　　　　　——《霍乱时期的爱情》

卡尔维诺在《未来千年文学备忘录》里写着："时间流逝的目的只有一个：让感觉和思想稳定下来，成熟起来，摆脱一切急躁或者须臾的偶然变化。"中年人的心理，尤其渴望着稳定和秩序，不管是事业还是爱情，对于那些未知都会变得忐忑起来，连年轻时那些令人心跳加速的你来我往的小试探都感到疲惫，更别说什么战战兢兢，如临深渊，如履薄冰。

年轻时候的爱情可以相互猜疑整天吵架，为了一个存在或者不存在的对象吃醋不已，却依然爱得死去活来；中年人的爱情，被此前的感情经历磨去了激情与冲动，更想要的是彼此之间的信任。

或者是变得更加现实了，终于明白有些事勉强不来。而这个世界上可以选择的人是那样多，再也不相信会有什么人是"非他不可"。

高中时的一个朋友喜欢着同班的女孩，女孩没有拒绝过也没有表示接受，高二下半学期的时候，她出国了，没有跟任何人提前说过。我到现在都能清清楚楚地记得，返校听到老师说女孩去了加拿大的那一天，放学后我和他一起在十字路口等绿灯，沉默地站了一会儿，他突然开口说："我会等她回国的，不，等她10年，如果27岁的时候她还没接受我，那我就去喜欢别人了。"

之所以这样印象深刻，或许是因为从未听过他用那样坚定的语气讲话。

只是现在再和他提起那个女孩，他会摆摆手说："放过这段黑历史吧。"女孩离开半年不到，他已经放弃了线上跨国界的交流，转而追求身边的另一个人。他厌倦了暧昧不清，更厌倦了每天都由自己主动开启话题最后结束对话。但在夜深无人时，他也偶尔会想起来自己曾经喜欢过的那个女孩。

有一天，上海难得下了一场大雪，他忽然间又想到过往。发了条微博，说自己高二时也下过那样一场雪，而当时满脑子里不是拍照修图发朋友圈，也没有担心明天的航班会不会取消，只有一个念头：告诉她下雪了！

在情场上多摸爬滚打个几次，往往就很难再体会到那种急切地想要分享喜悦与美好的心情。

"一生只够爱一个人"只存在于诗里、电影里、小说里，也许也会发生在少数人身上，但我们大多数人都在随着年龄的增长，被迫接受这个事实：我是大部分人。

中年人的爱情，是你若无心我便休。感情多了一份小心翼翼，暗恋成了一种礼貌，而挑明才是对等的回报。

无可奈何的背后，或许也是得失心的日益加重。愈发意识到时间和精力的珍贵，于是当心中许久没有出过声的小鹿又开始摇头晃脑蹦蹦跶跶，也只好强行摁住它说："别撞别撞，会撞死的。"

前几天有学生来找我说，她喜欢的人来找她一起做作业，她拒绝了。

我说："你疯了吧？这个不是近距离接触吗？"

她说："是啊没错，可是接触得越多就会越喜欢他，但对方明显只是看中了自己的能力，所以肯定还是会失恋。越喜欢，失恋就会越伤心，太难过了就没法专心做作业，做不好作业对方就会更不喜欢自己，然后就会更难过了。"

"你怎么心态跟个中年人一样啊？"

"从初三开始就感情充沛到从来没有停止过喜欢别人，却又永远在失恋，这样的感情经历抵得上中年人了吧？"

伤心其实是要付出代价的，虽然也有一些极其励志的"每逢失恋瘦十斤"，但一段时间的颓靡总是免不了，于是愈发害怕感情的投入。人到中年，总会习惯性地有所保留，给自己一条后路。还没有得到，就先准备好了失去时的态度，让收场不至于太过狼狈。毕竟摔了太多跤之后，只盼着能走一段光明大道。毕竟生活中除了爱情，还有家人与工作。

中年人的爱情，渴望陪伴胜过渴望热情。倒不是什么"只要你找我，陪伴你即变成我的首要任务"（《李宫俊的诗》），这种时时刻刻想要腻在一起的热乎劲儿属于年轻人。中年人受不了"漂洋过海去看你"，中年人的爱情是白天各自过各自的生活，努力工作勤奋做人，关系亲密又疏离。回家时却知道家里有一盏灯亮着，有一个人在等自己一起吃晚饭，有一个人愿意听自己絮絮叨叨地分享这儿看来的新闻那儿听来的八卦，就算各自刷手机也总有一个人就在旁边，看电影看到睡着不用担心无人在剧终时喊醒自己。

"这些事儿你自己不能做吗？"

"能是能，但有人陪着也挺好。"

中年人的爱情还有一种特征，叫作情商匹配。自己已经成长了一遍，在生活中学会人情练达世事洞明，不想要再去指点另一个人逐渐舍去那些天真的、草率的念头与判断，而是期望着一致的、相似的价值观，无形中便有了默契。

中年人的爱情，不再有耐心等待一个人犯错、迷茫、颓废，然后成长，然后在一次次期待中失望。就像余春娇说"我不想要一个长不大的男孩"一样，当一个人爱上了一个不是很成熟的人，也就意味着把爱押在了一个等待成长的人身上。也许他会为你长大，抑或，你不过是他成长路上的一块儿踏脚石。中年人的爱情，直接就拿着当下的条件做权衡，合不合适？能不能走到最后？对方是抱着结婚的目的来的吗？得失心太重，是因为已经耗不起了，没有那么多的情感可以一遍遍寄托，只希望循环往复的爱情到此为止。

你要问我中年人的爱情好还是年轻时的爱情好，我还真说不上来。大约只是个状态，中年人的心态学会了自我保护，索取着那些有利于自己的条件。年轻时若是没有不求回报毫无保留地爱过什么人，却也辜负大好青春一场。

最喜欢的一句话是："请把爱情想成一种优美的状态，它并不是一种手段，而是万事万物，有始有终，自生自灭。"

"最近有个人追我挺勤快的……长得好又贴心，那天我有点儿不舒服，他就给我送药来了……"

"有你那胖子好吗？"

"好太多了！就那死胖子？说句生病只会喝热水，吃饱饭了就打嗝放屁。整天让我揉背，一揉就得半小时，在那边舒服舒服，完了就开始打呼。平时给他发个消息好久就回复个'哦'……除了嘴上说点爱你爱你，就没了！想想就来气……"

"那还在一起干吗？有个那么好的人，就和你家胖子再见啊！"

"唉……那天我看电视，想他就是传说中韩剧男二号，你说吧，就是全身带光芒啊，走出来还带风的，走哪儿哪儿就是优秀的人设，可是……曹老师，你知道吗？我就是喜欢不了，我都强行给自己灌迷药了，你说其实就应该和胖子分开，可是就是不行。我怎么就是瞎了呢？就会还想着死胖子呢？"

说着说着，眼泪就下来了。

"我知道他是个非常优秀的人。我只是难受，自己怎么就拒绝了那么好的人？我以前都不觉得发好人卡这事儿是认真的，可是他真的是好啊，但是我就是喜欢不起来。我就是不甘，但又能怎么办？"

"其实吧，被拒绝，或许不是因为拒绝的那个人配不上人家？"

在感情中，常常会出现在A餐B餐这两个不同的选项中纠结的事情。就好比刚才那个故事：A非常优秀，有着非常高的人气，也有非常多的爱慕者和追求者，TA的一切似乎在很多人的眼中都显得无比的完美。B却是一个非常普普通通的路人，外在条件普普通通，内在条件也泯然众人。

很多人告诉你，你该选择A，因为TA是一个优秀的人，值得好好相处。而你却偏偏选择了B，有人问你为什么要选择一个这样普通的人，你似乎也找不到一个确切的答案。

在社会上混的这几年，我逐渐见识了也理解了一些拒绝背后的真实原因。越到后来，被拒绝这档子事儿，就越能看得开。其实拒绝背后的真相有时候比你想象的要复杂，可能是因为你没能好好取悦对方，可能是因为没用对方法，甚至可能是因为拒绝你的人并不具备慧眼，无法洞察你闪光的地方。但是，既然自己接受不了，那就不浪费彼此的付出，都挺好。

当然，现实并不会像前面的故事所说的那样，有着这样一个像极了韩剧玛丽苏的故事桥段。事实上，很多人在追求自己的爱情的时候，都或多或少地被拒绝了。就比如老曹有个学生，人缘还不错，是一个很多人眼中公认的开心果，做事很积极也很热心。可他在这大学4年期间都保持着单身状态，有一次问他这4年来的感情经历的时候，他说：

"这4年嘛，没少栽跟头，我都不知道自己这一段时间以来都被别人拒绝过多少次了。"

"但我觉得你也不差啊。你身上优点那么多……"

"这我知道，可这谁又说得清楚呢。毕竟，别人的心思，我也猜不透嘛。"

"倒也是哈……"

可是反过来讲，被拒绝了之后，就一定意味着自己是多么的不好吗？

当然，这不完全是。被拒绝了，并不是在于自己表现得不好。每个人都有缺点，但并不意味着自己是属于最差的那个人。所以，在被他人拒绝之后不要自我否定，毕竟活了这么多年，我们知道不一定是所有的付出都会有收获。

这么说吧，我之前被发过好几次好人卡，发着发着我倒是习惯了。一开始我觉得对方净瞎吹，既然我那么好你怎么不要我？后来也逐渐发现，可能是自己真的太好了。好到让对方觉得自己不够好，和自己在一起得有足够的气场。你说这是谁的问题呢？谁都没错。因为我们都不是当事人。

两个人在一起，一方老觉得自己配不上英俊潇洒的你，是不是也挺累的？当然，你大可以说我不要脸。

有时候，拒绝背后的真相也并没有那么复杂，不适合可能就真的不适合；没感觉也真的就是没感觉；不喜欢也可能真的就是不喜欢。但这些仅能代表与你不同路，而不是不够格。本来，这就是一场博弈，输赢其实并没有多大的关系。

"我费了那么多心思去表示对她的好意，唉……可她三天一瞎想五天又纠结的，我都不知道要怎么办。现在还不是被直接拒绝了。"

"既然都被拒绝了，就别太灰心啦。你何必花费那么多力气再去追求她啦。"

"为什么啊?"

"你的好，你自己知道就好。就算有的人不知道，还是会有人看得到的!"

这个世上，有着那么多"你追我，我追你"的事情，在这个过程中，"被拒绝"是再正常不过的事情了。无论结局如何，都要记住，有的时候，"被拒绝"一定不要灰心。不一定所有的"拒绝"都是因为自己不好，因为每个人都有着自己的追求，都有自己喜欢的那个人。也许，被拒绝其实也或许意味着对方太过自卑，也或许意味着对方根本没有好好接受这份情感，也可能是因为对方自始至终都没有感受到你对TA的好而已。

虽然我们每个人都清楚这样的话说起来容易做起来难，但是不管怎样也要感激对方果断地、没有暧昧地拒绝。所以，被拒绝的时候，学会释然，学会放下。在冷静期过后不如好好地再努力一把，让自己发光发热吧。

这何尝不是一个新的开始呢?

"回头草"这棵草，到底吃不吃

很久一段时间没有写感情了。可是最近发生的一连串事，实在让我意想不到。于是想要写点什么，去记录，去深思。

最近身边一对很恩爱的小情侣分手了，一对我本以为会一直好好的毕业领证的"模范夫妻"也分手了。两对情侣中的男生都给我丢了句"我会等她"，然后就默默地开始佛系人生了，仿佛从此已经看淡感情看空人间，自己的心里只有学习。

第一对小情侣，在一起的时候着实让我有点惊讶。可能因为双方都长得太出挑，当两个过分闪耀的人凑在一起，总会觉得刺眼。或许是中了邪了，他们没在一起时，我几乎和这两个人一年都见不到几次，可在一起后，去吃个饭、上个厕所，甚至逛个街都能偶遇他俩，从一开始的"哎呀你怎么在这里"变成了后来麻木无情的"怎么又是你"。而小两口甜甜蜜蜜腻腻歪歪的互动，也颇让我躲闪不及。

虽然这么说不好，但是"秀早分"的毒咒还是降临了。他们首先来和我说了，但我其实挺怕去安慰人的，因为知道自己也说不出什么好话。

"没事吧？"

"没事，她可能觉得在一起不合适，我想请一周假，可以吗？"

"可以啊。"

一周后："好点没？要不要给你介绍女朋友？"

"不用，我在等她……"

……

"放心，我很冷静，我要等她……"

第二对更是我眼里的"模范夫妻"，他们真的是我心中该有的情侣模样。男的体贴，女的独立。虽然"独立"这词儿用在形容女性身上，容易带着点儿强势的潜台词，但我心底里还是喜欢非常独立的人，哪有那么多事儿非要男的去做，女的做就不合适了？但她又会在发生一些冲突的时候适当地示弱，做回一个小女人的样子去以柔克刚。

在女生的独立光环之下，男生就显得有点儿"小奶狗"了，经常一副"反正听她的就对了"的不争气模样，又有些黏人。但其实我觉得这样挺好，两个强势的人在一起，早晚会出问题，一强一弱得到的平衡反而是最棒的相处模式。我已经不止一次在朋友圈惊叹男生的体贴，甚至有时候在照顾人方面比女生还温柔。我曾幻想着他们如果就这样下去该有多好，男生顾家，女生敢闯，会是一对让生活充满光彩的情侣，他们会长长久久携手相伴。

谁知，最后也只是想想。

外行人看热闹，谁又知道当事人的苦呢？

他们分开后，我不止一次和男生说，等等吧，兴许还有可能呢。可是，谁又知道，等到天荒地老，是不是也等不到她的回头。心生感慨，今天突然问了身边几个人，如果有一次回头的机会，你会不会回头？答案都是不回头，即使很诱人也不回头。

"可是你不也吃过一次回头草吗？"我问一个曾经复合过的朋友。

"所以后悔了不是！"是的，没错，最近他又分手了，和同一个人。

还有位朋友，被我这突然的一问正好击中心灵，她5月"被分手"，其间再没有任何联系，结果最近对方每天晚上来找她尬聊，态度说冷不冷说热不热，有时候心血来潮还给她点奶茶外卖。她就开始动摇了，时常和朋友凑一起琢磨哪句话是什么意思，是不是对方还对自己有意思。她的朋友也是个乐观主义者，怎么想都觉得对方可能只是不好意思说，其实就是想要复合。

聊了段时间，她的前任说单位要交征文，问这位全能写手朋友可不可以帮忙写一篇。

"你还喜欢我吗?"她干脆想问个明白。

"想什么呢,当朋友不好吗?"

她直接就把这个前任拉黑了。

所以啊,先别急着考虑吃不吃回头草,万一这草根本不想让你吃呢?

吃回头草这件事儿,我也经历过一次,还是异地恋,最后也无疾而终。倒不是说因此就要彻底一棍子打死吃回头草这事儿,问题在于感情里到头来是不是真的都交代了。分开是因为耗尽了彼此之间最后的妥协,这种妥协,是你们发现做朋友能接受彼此的弱点和缺点,成为情侣却没法如此时的和平分手。

谁说两个人走到最后不可以是以朋友的形式呢?现在我每次去那个城市,都会发上一条定位消息,然后两个人空出一顿饭的时间好好聊聊最近的事情,故事走到最后,你会发现,对于真的没法成为情侣的两方而言,能相互陪伴给予彼此祝福才是真的成全。当然,有些人或许就是没有办法分手以后再做朋友,这个也不必强求。毕竟也不缺朋友。

感情其实不是谁等谁的问题,万一真的过尽千帆皆不是,难不成非要肠断白蘋洲吗?这种悲惨还是少一点为妙。有一个最近刚恢复单身的朋友,不停和我报备今天买了什么什么什么。我眼睁睁看着他从浴巾、拖鞋、包买到了床头柜、台灯,甚至和我说连家里的彩电什么的也要更新。我开始担心他是在用冲动消费来缓解麻木自己。

他却说，他只是想要好好地一个人生活，这些东西本来也就该买，正好换新而已，只是用这样一种仪式，为迎接全新的、更好的自己做准备。我很欣赏这样的态度，如果真如他所说的那样。先别管那棵草了，把自己的人生过好一点，满汉全席等着你，回头草吃不吃就随缘吧，不吃也罢。

但这么多年观察下来，有几种草一定要慎重吃。

第一种：回头草是什么颜色的？绿色的！

当初冷暴力拖着不肯先提分手，暗地里又劈腿和别人在一起了的，拜托对自己多念几遍"天涯何处无芳草"。有些人就是没法一心一意，没法认真对待感情。别以为自己能拯救谁，就算回头，也很可能再次厌倦。可别把自己当救世主，也别觉得自己会是例外，一个人对待你的态度，首先取决于他是一个什么样的人。

第二种：换汤不换药，还是那个熟悉的味道。

正所谓从什么地方摔倒就要从什么地方爬起来，曾经因为什么理由选择分开，就要在这个理由上着手解决。"不管怎么样都会和你在一起"？对不起，成人世界里这种事情是不存在的。如果双方的态度和性情都没有本质上的改变，没有任何一个人愿意妥协，那么同样的配方，煮出的也是同样的汤，喝到最后，迟早又是满口苦涩。

时间很善于欺骗人，喜欢篡改回忆。所以分手了一边难过着，一边也别忘了像棋手那样"复盘"：为什么会分开？是什么导致了最后的结局？这个时机也要把握好，刚分手时容易情绪化看待问题，用谁对谁错来评判。拖得太久会陷入"对方其实还挺好"的怀疑。就像对班主任来说，毕业生永远是"最好的一届"，人们愿意回想那些美好的东西，而伤口总会痊愈的。你要清楚地明白当时为什么分手，当时的问题是否能够得到解决。

第三种：吃的不是回头草，是寂寞。

因为追不到别人才又想起你，深夜没人可以聊天时，发现还有你这个傻子愿意忍着睡意整晚陪聊……假草别乱吃，搭上了时间和精力，最后很可能发现对方已经和别人在一块儿了。

回头草到底好不好吃？其实说到底，和前任在一起时间都不短，这棵草味道心里都有数。好马不吃回头草这种话嘛，大家也都是写过议论文的人，应该懂得这些道理是让你拿来证明自己观点的，而不是为了限制你自由选择的。

曾经关注的一位微博博主和女友异地恋，且家中父母原本就不太看好。两人一次矛盾后，女友提了分手。后来，女友又打算复合，就有人去私聊他，问他有没有想过以后还会分手，不怕难过吗？

他是这么说的：你不是喜欢你的女神吗？你就想象自己和女神在一起了，你还会考虑未来会不会分手的问题？当然是有一天算一天，在一起的每一天都赚翻了！我的女孩对我来说就是这样，她愿意和我在一起，哪怕一秒我也开心。

希望你们也能遇见一个让自己如此喜欢的人。

只是无论做什么决定，等也好不等也罢，当朋友也好拉黑也没问题，最重要的是保护好自己。别让任何一个人，成为你跨不过去的坎，也别怕除了他不会再有别的人爱你。

　　我不怕一辈子单身，只怕无意义而让人疲惫的恋爱磨灭了心中最后的火花，担心恋爱状态沦落为庸常。

我采访了一个异地7年的男生

我的健身教练和他女朋友相恋了7年，而且是异地恋。说起来是真的挺让人感到不可思议的。毕竟异地恋在我心中要么是早早分开，要么就是在近几年内有搬到一起住的明确规划……假期本来就不多，还要跑来跑去的，有多少人能够坚持到最后？

出于好奇，那天跑步的时候，我采访了一下他。

我：你们俩一开始就是异地恋吗？

他：当然不是，我们高中3年一直在一起呀。一开始还是同桌，之后高考，她考到四川，我到了上海。

我：那刚分开的时候啥感觉？

他：当然很痛苦，一开始就真的很不开心。我就一直给她打电话啊，还好大一那时候煲电话粥，可以打很久。接着我嘛，就频繁去四川，去找她呀，或者她有空的时候也会来找我。

我：那你难道就不担心她移情别恋吗？

他：有啊，当然有担心。她本科有一个男闺蜜，三天两头一起吃饭，待在一起。我当时就很火了，打电话也说过，后来还跑过去说。不过现在，他和她还考到一个大学读研了。

我：这种不安全感会一直有吗？

他：有过一次，以后也会有的。不过我一直很自律啊，我又不交其他朋友，心里只有她就好了。

我：异地恋总有互相需要的时候。这时候是异地恋最脆弱的地方。你怎么处理啊？

他：看吧，如果能电话解决的，我一定会第一时间打电话。如果不行，那我就直接买票过去，什么都比不上见一面。

我：你们见面频率多少啊？

他：一个月一次吧。

我：就那么点？

他：哇！学生啊！穷！车票那么贵，我觉得已经很好啦。

我：那她来吗？

他：来啊。

我：那你有算过谁来得多吗？

他：那肯定是我去得多，她比较忙。那我有空了就过去，这个事情最后都不去计较啦，能见到就很好了。

我：已经7年了。你现在见到她，还会很开心吗？

他：会啊。肯定会啊。而且每次过去也就周末两天，她会来接我，但是送我的时候就很难过。

我：难道她就没想过就这样算了吗？

他：想过。她说，这样还不如不来，每次都难受。但是又能怎么办？

我：那能怎么办？

他：坚持啊。找着各种事情做。让自己稍微忙一点就好了，就不会胡思乱想了。如果闲了会胡思乱想那就很不妙了。

我：那你们为什么不考虑在一个地方呢？比如你可以考研去一个学校或者一个地方？

他：考虑过啊，都考虑过。她想到我这里来，但不是没机会吗？

我：那你干吗不去？

他：两个人都想在上海发展，我们不太喜欢北京。所以就等着她毕业。实习时，就在找上海的工作。

我：那会不会分开久了，你们真的在一起了，会很不习惯。

他：不会啊，我们之前暑假住在一起，每天都很开心。会更加珍惜彼此。

我：那你们会不会考虑未来？

他：很难考虑，但是我也做好准备了。比如有一天她和我说，我们还是分开吧。我也会尊重这样的选择。这个心理准备要有的。

我：那么消极呢？

他：不是啊，这是事实啊。毕竟异地恋没几个能真的一直走下去的，但是我有这个想法不代表我会放弃。只要她不放弃，我也不放弃啊。我只是想说，辛苦就辛苦点吧。

我：你是我见过最久的异地恋。

他：是啊，我这个年纪，谈个7年恋爱都很夸张了，不过7年嘛，总归是从爱情已经上升到习惯，然后到亲情了。也没有那么容易说分开的。

我：你做好娶她的准备了吗？

他：做好了，但是也不敢做太久打算，毕竟是以后的事情，我也不太敢做规划。

我：有没有想过有一天她到上海了，她比你早毕业，早赚钱，赚得还比你多这个问题？

他：那也没办法。可是谁又知道谁赚钱比谁多呢？未来嘛，我觉得也有可能我赚得比较多。

我：真乐观啊。

他：不然呢？

我们两个人在跑步的半小时里，谈论了异地恋这个话题。因为我一直不看好异地恋，而他又是一个异地恋坚持非常久的男人。这样聊下来，竟然就这么不慌不忙地跑完了5公里。

也许事实不是那样，可是在老曹的认知里，很大一部分的异地恋分手的原因都是一个：因为我爱你，我这么爱你，我这么这么爱你，但是你怎么在我需要你的时候消失了？

他在干吗？他在哪里？他怎么还不回我消息？他是不是出去玩了没告诉我？我和他说了晚安他为什么还不回复我？他最近对我有点冷淡。

我是不是太黏她了？她应该有自己的生活所以我不应该经常去打扰她。我这么做会不会给她太大压力？她不开心了怎么办？我好像哄不了她？

扯淡。

这些问题，就算在一个城市，也会发生。难道不是吗？

哪一段感情不是在细水长流之中趋于平淡，又有哪一段感情开始的时候不是轰轰烈烈，今天见不到彼此心就空空？又有哪一段感情到最后，不是连一周一会都觉得是一种烦恼？

今天我在同济大学嘉定校区，你在四平校区。相隔40公里。北安跨线90分钟，地铁11号线75分钟，打车45分钟。

今天我在上海，你在杭州。相隔175公里。高铁58分钟。

今天我在上海，你在北京。相隔1207公里。飞机2小时。高铁4个半小时。

今天我在上海，你在日本。时差1小时。飞机2小时。

今天我在人民广场吃炸鸡，你在同济大学吃大排。

兴许，我们今天只说了句早安和一句晚安。

所以不要提到异地恋的问题，我们还是找找自己的问题吧。

不是异地恋成功案例少，是因为本来异地恋就是小众，又谈何成功案例。感冒和肺炎能相提并论吗？兴许肺炎看上去比较严重，治疗的效果反而比感冒好呢？"感冒能死人"这句话也不是第一次听到了。

我很喜欢的一首歌叫《风筝》。

因为我知道你是个容易担心的小孩子

所以我将线交你手中　却也不敢飞得太远

不管我随着风飞翔到云间我希望你能看得见

就算我偶尔会贪玩迷了路也知道你在等着我

我是一个贪玩又自由的风筝每天都会让你担忧

如果有一天迷失风中　要如何回到你身边

因为我知道你是个容易担心的小孩子

所以我会在乌云来时轻轻滑落在你怀中

　　世间所有的感情不都是互相担心、互相关心、互相照顾才呵护起来的吗？如果担心、关心、照顾都有了，又怎么会有距离的问题呢？

　　我问身边的朋友，怎样才叫有安全感？回答各不相同，但是都说到了一点：不失信于人，更加不失信于另一半。这个"信"是哪一方面？也许就是你答应的一件小小的事儿又或者你一个小小的计划，但是请务必说到做到，所有的怀疑和猜忌都不会空穴来风，而是小事儿的积累。

　　"宝贝，我下班了就来接你。我已经安排好了，一定准点来。"

　　"宝贝，不好意思啊，稍微有点事儿，还没结束，我就不来了……"

　　一次。

　　"宝贝，我们周末去这里好吗？这地方可棒了！我开车自驾带你去啊。"

　　结果到了周末："宝贝，今天你想去哪？我听你的……"

两次。

"宝贝，我今天……"

"宝贝，今天好像……"

N次……

相信我，那个被你称呼"宝贝"的人，从此之后不会把你说的所有话当真。并不是因为你做了什么天大的错事，而是你的一举一动都让她知道，你的话，不能全当真。哪怕只是你忘了。

呵，男人。千万别忘了，所有的吵架，从来就没有就事论事，一定是一笔笔小账，拿出来和你算的。不失信于人，起码不要说到做不到。

"我其实早就知道事情不会按照之前的剧本发展……"一个异地恋分手的人和我这么感叹了一句。她和男友异地半年，原本的热情一天天退去了，但是更多的是一份习惯性陪伴。结果有一次见面了出去玩的时候，男朋友忽然接到一个电话，她当时就起了疑心，因为男生看了她一眼，把电话挂了，然后问她：我去打个电话行吗？随即去了洗手间。

这种时候，平时看起来呆呆的女孩也会突然化身福尔摩斯：他平时接电话都当着我面说的，一定是有什么事情要瞒着我，所以才这个样子。晚上她按捺不住翻了男朋友的手机（此前她一直坚持恋爱双方需要留一些私人空间的），发现是他前任打来的，最近通话记录还很多。尽管之后她没有直接说破，假装不知道，希望这件事过去。但心里面总是怀疑：他这会儿没有理我，是不是因为不喜欢我了呢？他和他前任藕断丝连吗？

最后还是分了手，女生提的。她到最后只是疲惫于一个人的惴惴不安罢了，男生到底有没有和前任暧昧，其实已经不重要了。

这句话，真的很心酸。带着多少无奈、麻木和伤心。这样的事儿，又怎么会分异地和不异地？分手每天发生着。

当回头抱怨为什么我怎么做都给不了安全感，那请试着想一想，你是不是做了让对方无可奈何、自己却不想斤斤计较的事儿。如果你答应了一件事儿，又或者主动提出了建议，对方没有提出反对意见的状态下，那相信我，他一定是希望和你一起去做这件事儿的。所以请不要轻易毁掉你们之间的信任。

朋友问我，如果你自己遇到做不到的事儿呢？我仔细想了想，很少。因为我是那种在感情里，很少一口答应的人。

我不是说自己多么出色，多么守信。毕竟在感情里，我也曾做过别人眼中的"渣男"。如果对方是我在乎的人，在这一层面，我一定会突出重围，一起完成两个人约定好的事儿。

只是，这只是我对自己的要求。又怎么可以这样要求另一个人呢？但转念一想，这毕竟是谈恋爱啊，不就是互相影响慢慢变好的吗？

有人和我说，感情还是真实点比较好，其实我一直觉得真实这词有点可怕。有多少的许诺源自我们的脱口而出，这样的随性，这样的真实，这样的做自己，又有多少的许诺到最后只是说说而已。因为当时嘴快了，做人又何必那么认真？

那为什么不稍微保留一点儿，克制一点儿。在稍微停顿之后，我们便会考虑好说话的代价。是的，有时候想想再说不是不真实，只是我想对你更负责，这何尝不是一种坦白。

活得谨慎，也可以很开心啊。

话题起源于异地恋，却又聊了很多和异地恋没关的东西。回归异地恋。

异地恋唯一比较明显的容易有矛盾的地方便在于守信。

那些安全感，那些怀疑，那些矛盾……

在一句"我相信你，深信不疑"面前全都失了分寸。

我与你相爱时，我清白又勇敢。

王小波在《爱你就像爱生命》里说，只希望你和我好，互不猜忌，也互不称誉，安如平月，你和我说话像对自己说话一样，我和你说话也像对自己说话一样。

还有，千万不要做错了就说"对不起"。

除非你保证不会重蹈覆辙。

不然，连"对不起"都变得廉价了，你还剩什么呢？鲜花？巧克力？礼物？蛋糕？还是检讨书？

可能最终，都是一堆垃圾。

在异地恋爱的你，请不要把问题归咎于距离了。同城的人可羡慕你们可以把秒针当作时针来过的状态呢。唯一要做的就是请好好坚守，好好珍惜。这样，就很美好了。

漂洋过海来看你，这种感觉，普通人是体会不到的。

因为异地恋很辛苦。

但是正因为辛苦，才显得格外珍贵。

　　我从不是一个迷信的人，不拜神、不祷告，直到我遇到了那个人，我愿跪拜在诸天神明面前，只求把我二人姓名刻在姻缘牌上，生生世世，不离不弃。

　　你说因为我，生活有了色彩。但亲爱的，我不应该是你色彩盘的全部颜料。生活中还有许许多多的颜色，我愿成为你画卷中最主要的部分，但不要因为我让你成为纯粹的白与黑，那样的你不快乐，我也不欢喜。

这辈子我已经很满意了，知道你的名字，听过你的声音，牵过你的手，吻过你的唇，感受过你的怀抱，拥有过你的温柔。至于以后，三里清风三里路，步步清风步步你。

当然，也许事实不是那样。

"我是不是疯了？"

"不，你只是长了个恋爱脑。"

——与朋友的日常对话

　　爱情真是个奇妙的事情，它来不来、什么时候来都不和你提前报备，一旦气势汹汹而来，又经常打你个措手不及，让你不知道如何是好。明明平时冷静聪明的头脑，突然阅读理解能力在满分和零分之间跳来跳去。明明理智说着别别别，却已经做了一些疯狂的小事。

　　假如你最近有些内心冷漠，有些不相信爱情，不如来翻翻这篇文章，里面收集了许多许多的蜂蜜罐。

　　初二的时候吧，我还不是个啥特别守规矩的好学生。因为当时看了古惑仔系列的电影，就很崇拜，很想有那种江湖气息，所以对自己女朋友也很有保护欲。因为我和我女朋友不是一个学校的，所以我一般都是叫人帮忙看着点、保护下。有次一个特别浑的人看上她了嘛，就各种调戏，她反抗还被打了一耳光。事后我知道了就真的像古惑仔一样，拿着钢筋棍棍带人堵了学校，因为算突袭，所以人多力量大就打赢了，我用钢筋棍棍打断了那个人的手（虽然事后也赔了钱），还让我女朋友去打回来。我还记得当初我还撂话说，"你敢搞我心情，我就搞你家庭"。大概这就是年少轻狂？

——谭某某

　　当时和学长是在人人网认识的，他寄宿，我走读，两所学校隔着挺远的距离。两个人都拿着手机偷偷地聊天。那个时候，我还是高一，我整个人还处于迷茫的状态。他说，他要做可以征服我的 little monster。他也为了我，动员他认识的优秀学长学姐为我提供高中指南。然后寄卡片给我。于是乎，我也开始慢慢地和他不停地寄明信片、寄卡片、寄各种小礼物。那年元旦，他说，他要见我，可以说，那是我第一次为一个男生真真正正地动心。我还记得，看的那一场电影是《泰囧》，可我和他都聊着聊着忘记了时间，所以只好疯狂地跑，疯狂地赶路，绕过商城，跑过地下通道，我和他牵着手，牵得紧紧的，背着书包一路地飞奔。最后上了电梯，电梯里只有我和他，他鞋带开了，他在蹲下系鞋带的时候，我给他揉了肩膀，和他说：

　　"学长，谢谢你啊，你辛苦了。"

他说：

"小怪兽就是要为你打倒一切困难嘛。"

看完电影，我和他坐在江边的长椅上，吹着冬天里呼啸而过的江风，我困了，就自然地搭在他肩膀上睡着了。

约莫过了10分钟，我突然醒了，我说：

"学长啊，不好意思啊，我一不小心睡着了。"

"没事啦，把你征服在我身边，我还挺有成就感的。"

随后他就对我开始摸头杀了。

我依然记得，那个时候，是我回想起来一直觉得很暖的瞬间。

我不敢说这样的情节能有多疯狂，虽然没有和他在一起，虽然和他一直是暧昧着，虽然自己也暗潮汹涌了好多年，但我觉得，在我遇到的男生里，应该再也不会有紧紧握着我的手不放，飞奔去某个地方的人了吧。

——叫我小A

我俩属于严格意义上的一见钟情，没打错，严格意义上的一见钟情，第一次见面是在密室逃脱，玩完一局后双方心照不宣地又来了一次，然后一块去吃了晚饭，顺便去了酒吧，然后当天差不多就在一起了……全程有4个小伙伴在，他们才是最懵逼的。

我俩都是第一次谈恋爱，以前都信奉日久才能生情，那之前打死我也不相信自己可以和第一天认识的女孩在一起，当时我对她一无所知，就连名字也是出了酒吧才问的。

关于她的信息也是在一起之后才了解到的，从小就是学霸+乖乖女，那天是她人生第一次去酒吧，甚至是她在国内的倒数一个周(她是美本)，她做梦也没想到自己会答应和认识第一天的男生去酒吧，要是这冲动遇到了坏人……唉，缘分真是妙不可言。

最疯狂的事情就是在什么都不知道的情况下就认定是她吧。

——赛车手

爱情中最疯狂的事？这种问题终于轮得到我来回答了，但仔细想了想还真没有。

曾经单身的时候想，霸道总裁是当不了了，怎么也得撕心裂肺、惊天动地的，最好来个什么一波三折，有情人终成眷属的桥段，后来发现，真没有。

相遇时没那么多电光石火，却真的多了许多机缘巧合。突发奇想提出去瞻仰南湖游船，此处需要感谢一下党多年以来对我的教育，思想汇报无内容可写，导致了本次采风。三月春风似月老，一下午静静地坐在小河边，头上的香樟树扑哧扑哧地往下掉着小果子，不说话也没有任何尴尬，好吧，我恋爱了。

要说疯狂其实也有，第一次聊完的12天后，第一次见面的当晚她就成了我女朋友！还好吧。缘，妙不可言。

哪有那么多疯狂啊，生活从来不是小说，两个人在一起，不就是为了一起打败生活这个小怪物，给生活加点甜。

与君初相识，犹如旧人归。

——亮仔

大二，好像是一节工程材料的课，听也听不懂，就跟舍友坐在倒数几排，一边玩手机一边商量晚上去哪儿吃，顺便给我过个生日。

当时才刚刚有智能机，聊天还用飞信，沟通还发短信。然后突然手机来条短信。

　　你在上课吗？
　　是呀！
　　今晚过生日吗？带上我呗。
　　来呀，你大连打个飞的过来，晚上一起撸串。
　　那你来校门口接我。
　　啥？

（大概就是这个意思……记不清楚内容了……）
懵逼。

然后我也没等课间休息，就带着手机冲出去了。还骑了辆破自行车，去校门口。一边骑一边想：

昨晚还视频来着，她学校到大连周水子机场2h，飞浦东3h，浦东到上海汽车城2h，还要叫个黑车过来。以前可是自己一个人都不出门的。

她挺疯狂的，哈哈哈哈。

——Sofi

一放暑假，女朋友即将独自坐20多个小时的硬卧从读书的城市回家。我觉得她一个人实在不安全，行李又多，实在不舍得，并且很久没有见面了，于是早就想着去找她然后一起回家。因此我也打算准备一份礼物送给她，把所有搜集到的从她出生开始到我们在一起之后的单人或是合照选取代表性的部分，每一张打印下来按照不同的时期和主题粘在一大本相框上，每一页附加了照片里的回忆，历时很久完成了宏大的工程。大学生的口袋总是没那么富裕，于是乎我突发奇想地买了一张30小时的硬座去看望她，我脑子中想的是也就一天，看一看沿途祖国的大好河山一会儿就到了。

事情总是很巧妙，我对面刚刚好坐了一对情侣，女生是同济的研究生，男生本科川大研究生考来了上海，也许他们也经历了一段漫长的异地恋后修成正果。一路上两个人吃东西看剧不亦乐乎，但我也没有羡慕，我满脑子只有即将见到女朋友的期待和快乐。最后坐到了地方还需要一个多小时地铁转公交，最终到达的时候人真的要累倒，看到女朋友还是开心地扑上去。晚上和女朋友一起一页页翻开相册，一起看点点滴滴。现在的我无法想象这样的经历，30小时拥挤的硬座，打瞌睡也只是很不舒服的姿势，沿途没有丝毫风景，只有无穷尽的隧道，不过，这大概是青春和爱情的样子。

——体育部长

可能大多数人都听说过网恋，也许有人听过传说中的818那些狗血喷头的事儿。但今天这两人居然是从手机游戏里谈上了。

事情的起源是我误抢了她的一口资源，女侠仗着不大的胆量向我质问。自知理亏的我就帮了女侠一段时间，也算结了个善缘。

然而女侠是个初入江湖的才女，腹有诗文却弱不禁风，武功可圈可点之处不多，自此就缠着我成了一个小跟班儿。我虽年长3岁，却日日被称作大叔。好在我心胸宽广，这么一个小小跟班儿也实在有趣。

可能我没想到的是，18天这么短的时间，我们就勇敢地迈出了下一步，恋爱了。

第一次在玩家群里看到她，我就在想，这小丫头看起来好喜庆呀，让人不自觉想要宠溺一番。第一次聊天时，没想到我和她诗文词句总能有几分默契。第一次看到她的样子，就像已经见过一样的可爱俏皮。

我们说恋爱时喜欢看悲剧，"玻璃碴"总能引起恋爱中人的共鸣。单身时，又都喜欢看喜剧，每一口糖，都是甜到心坎的寂寞的慰藉。

可能就像炎炎夏日等一场甘霖，凛冽寒冬等一场春暖花开。我问她，我们怎么办呢？是勇敢一点去尝试前途渺茫的异地恋，还是彼此留一份美好，及早相忘于江湖？她说，虽然前方困难重重，但我愿意尝试。

大概是最让人不敢相信的吧，两个完全不相信异地恋的人，居然远隔着1200公里的距离陷入了恋爱。可能北京与上海，也只是北上广里两个字的距离吧。

我想大概恋爱里最疯狂的事，就是当你遇到让你想起就能会心一笑的女孩，也许路途遥远，也许旅程艰辛，即便现在、将来都隔着一条难以跨过的鸿沟，也无论如何都想尝试着去抓住那一抹幸福时，勇敢迈出的那一步吧。

——Mr.W

那年我19岁，她20岁，那是我们第一次旅行——从北京去秦皇岛海边（北戴河）。那时候手里也没有什么钱，去那边也没有什么高铁，好歹订了酒店买了火车票就直接去了。

头天晚上太嗨皮，折腾了整整一宿。第二天仍然精力旺盛，借了酒店老板的自行车，载着她一路骑车到了海边。我们牵着手，她紫外线过敏，所以打着伞，我不太喜欢打伞，所以被海边的阳光晒秃噜了皮。

我们走走停停转了又转，盖沙堡吃海鲜，似乎忘了时间，最后也忘了钱。最后两个人买了回去的车票，浑身上下只剩下19块钱，饿着肚子回了学校，一人买了个鸡蛋灌饼，在她宿舍楼下边吃边傻笑。

她应该已经结婚生子了吧，谢谢她，给了我那么幸福的爱情。

——神叨叨

大抵是从高中开始吧，M同学就日趋养就了一种不愿意和他人分享自己真实想法的拧巴性格，谈恋爱这样完全需要暴露自己的事情，就更不在M的考虑范围中。

万事总有例外，在M同学并不怎么丰富的情感史里，一次对于"冰冷"的体验印象最深。

3月的上海尚不温暖，而不穿羽绒服的人体会更深刻。某一晚的10点过后，忘记了是谁临时起意，和一位性情投合的学姐，大晚上约在寝室楼下，交换起了爱情观和情感史，学姐身量不高，缩在蓬蓬的羽绒服里，很是能让人产生保护欲；而M同学本人后来回想，好像已经被冻得神经错乱，一件单薄的皮衣和一件布质外套的叠加完全抵抗不来越发寒冷的天气，记不得自己到底说了哪些荒谬的话，连对方讲了些什么后面也不甚了然了，只是随嘴应答，有一句是一句。时间一点一点过去，却没有人说"太晚了"。这谈话直到凌晨三点多才终结。

这就是M同学记忆的全部了。想来现在大家情感上追求速战速决，喜欢快节奏的恋爱。也有人断言："男生和女生认识一星期还没什么动静，肯定就没戏了。"但M同学还是固执地觉得，普通朋友身份下的相处，不仅是美好的回忆，也是必要的前置条件。上海凌晨三点凛冽的风中，交换的正是最真实，也最无顾忌的看法。大抵有过这样"患难与共"的经历，发展成CP也许会更稳定吧。

——M同学

我觉得我做过最疯狂的事情就是和初恋分手吧。我们在一起不算特别长的时间，快1300天，高二在一起的。做过很多疯狂的事，当着班主任的面牵手，瞒着爸妈出去玩，在学校厕所里接吻，等等。但是最疯狂的，除了分手我想不出其他的了。高中毕业我们一起考到上海，我在嘉定，她在奉贤，和异地没有什么区别。

但是我们的分手不是因为吵架，是因为这距离实在是太美好，美好到我们能互相分享快乐，却没法彼此理解对方的痛苦。我能明白坚持就是胜利的道理，但是我觉得这样太不公平了。她应该在寒冷的时候有一个拥抱，我也应该在崩溃的时候有一个依靠。我是爱她的，我提出分手；她也是爱我的，她同意了。不过她问我，为什么要在还爱着的时候说分手，我说我不想真的走到尽头。可能这也会是我这辈子做的最疯狂的事情吧。

——拼命三郎

L是我上墙交友以后收到的众多好友申请之一，大概是女生的第六感，他的微信头像和昵称让我产生了不妨一试的念头。和其他急于邀约的对象相比，L不提见面，不找我聊天，甚至因为出差直接彻底消失。终于在我又一次主动之后，L约我周日徐家汇。

于是在某个冬日飘着小雨的下午，我第一次见到了L，他一边朝我走来，一边不忘自嘲比照片胖了很多。美罗城的星巴克过于拥挤和嘈杂，L便直接带我去了港丽吃粤菜。我们聊了整整3个小时，互相在对方的每一段经历里都能看到自己的影子。而一桌4个菜全是他揣测着我的口味点的，直到最后打包他才告诉我之前出差上了火，有一半的菜他吃不了。

回去的路上L问我第二周前半周有没有时间再见一次，后半周他又得去新加坡出差。又过了毫无联系的两天，L又一次找我是因为临时晚上有供应商饭局，问我能不能改成中午工作餐。于是我悄悄提前溜出实习公司去见他，中午吃了什么我已经记不清楚，只记得分开的时候L走得很快，以至于穿着高跟鞋的我根本跟不上。

回到公司，我焦虑地去问男闺蜜L到底对我是什么心思，而L却突然发来消息问我可不可以确定关系。我做了到目前为止爱情里最疯狂的一件事儿，直接答应了他，于是，我们在初面后第四天就在一起了。L回复，那从今天开始你就是我女朋友了。

第二天早上，我转发了一篇Know Yourself的文章算是间接公布。而忙碌了一天之后，却发现L在起飞去新加坡之前默默点赞。

在很多人眼里，L是个不及格男友。因为工作的原因，他一年中有半年在加州，就连在上海的时间，也常常被加班和出差霸占。L也不是一个很注重仪式感的人。平安夜我一个人带着两个行李箱搬了新住处，排了将近两个小时的队终于吃上了心心念念的牛排，而他加班到12点，才简单回复了消息。

而在我眼里，L是个99分男友，扣的那一分是怕他骄傲。我喜欢他不管加班到几点回家，都会回复我的消息。我喜欢他和我用一样的错误方式拿筷子，经常夹不起菜来。我喜欢一起看电影的时候他紧张到双手冰凉，都不敢牵住我的手，却知道我总会被恐怖场景吓到。我喜欢偶尔微信上向他撒娇，他一定会说"我爱你"。我喜欢他轻轻吻我，然后我们相视一笑，又默契地吻在一起。

最后，L说，毕业旅行去加州找他，他会带我去一号公路，一路面向大海，春暖花开。

——舟酱

应该就是陪他父母去张家界旅游吧，全程一起拍全家福，哈哈，然后我俩房间订的都是大床房。当时感觉每天跟偷情一样，哈哈哈。

——吉吉

恋爱里最平常却最疯狂的事，是付出。

选择退出某个团队是为了成全对方一定能拿到梦寐以求的奖项。

选择读研而放弃已经到手的工作是为了比转专业降了一级的对象晚一点毕业，因为这样看起来比较正常。

选择放弃人大的研究生资格留在同济是因为不想用距离去考验感情。

选择把存着学生时代全部积蓄的银行卡交给对方说"有困难随时刷"，是为了解决对方刚毕业时的窘境。

选择让对方离开这个城市是为了让他能在擅长的工作上成就他的梦想。

我们现在没有在一起，

我没办法再为了另一个人做同样的事，

但我很开心做过这些事。

这才是最疯狂的事。

人大那个事儿吧，就是保研呗，我有了保研资格，人大、南京大学和同济大学都过了，但是吧，当然正常情况下都是去这两个学校读文科比较好了，但是异地恋不是靠不住嘛，我想想就算了，冒这个险干吗，留哪儿不是发光发热，最后就选了同济……为了另一个人扭转人生决定是不对的，所以我大概用了一个晚上论证这个决定的优势，而且尽量避开是因为我对象留下来这个选项。既是因为我不想后悔，也是因为不想出现因为自己有所牺牲，就要对方做出同等牺牲的心理，这对两个人的关系也不好。

——疯子

一个人的时候蛮疯狂的，和他在一起以后第一次这么"循规蹈矩"。以前学习总是待不住的，现在可以在图书馆待到灭灯，被他影响觉得玩儿啥都没意思了……手机也不好玩了，不如学习……我从没想过我会变得这么"无趣"，但巧合的是这正好是前几年一直撕扯我的问题，现在正好是我一直以来想要拥有的状态。虽然经常觉得"老娘自在如风，怎么会像今天这么畏手畏脚"，但我觉得那是自我的拉扯罢了，他无意间让我和自己和解了。在爱情里从疯狂变得无趣，从"像我"变成"不像我"到"或许这才是我"，算是一件疯狂的事吗？

——小姐姐

说实话，我这辈子以为对爱情死心了。也不是说死心，而是说就再也不会折腾起来了。曾经我是一个会为爱奋不顾身的人，但是后来伤过几次后，我决定克制自己，直到遇到我家那位。

这是我俩过的第一个圣诞节，虽说其实这个节日不重要，但是你也懂，满大街男男女女秀恩爱，撒狗粮，走在马路上都觉得碍眼。这时候哪怕你知道其实下周就会见面也会格外想念。

于是我突然买了一张去那个城市的机票。7点出发，10点到。你知道零下9度在宿舍门口站一个小时是什么感觉吗？特别爽。

我和小卖部大爷唠了唠嗑，等着对象下班。

当我确认对象回宿舍之后，我打了个电话：

——喂？你想我吗？

——想啊。

——你要不要陪我吃点东西？

——嗯？

——冷死我了，我晚饭没吃，你要不要陪我吃？

——卧槽！你吹牛×吧？

——要不我们视频？

——好！

于是我看到了蹲在马桶上那张惊讶的脸。

其实，我们圣诞节在一起的时间大概只有半个小时，但是还是很开心。虽然我对象把头埋在我怀里表现出了极大的感动，还流了几滴眼泪。但是我深刻怀疑是故意打了几个哈欠然后流下来的。

第二天，我早班机回的上海。

怎么说呢？我从来没有因为一个人会这么冲动地飞来飞去，虽然机票很贵！

但是爱情，不就是应该这样吗？我想见你，难道还要选黄道吉日吗？

——风中跑男

看着这些故事，总是很容易被打动。因为那种不留余地，因为那份义无反顾。

李宇春唱着"再不疯狂我们就老了"，别急着沉沉稳稳，趁着青春大好，去疯狂一点儿，去爱吧。不然等到有一天老去了，又有什么可以拿出来怀念呢？错过一些事，耽误一些事，都不要紧，以后还有机会的。只有眼前的这个人，错过就是错过了，在一起的每一天，请疯狂一点。

新的一年，要加油遇到一个能够一起疯一起笑的人啊！

年少，醒一醒

事情要从一个下午说起，如果你们记得的话，那时正在流行一些小程序游戏。

本来我和朋友在车上相安无事地刷着自己的手机听着歌，他忽然用胳膊猛撞了我一把，平时说话慢吞吞的一个人，此刻语速快得让我想建议他去唱RAP："跟孙中山一块儿起义的人是谁？快快快告诉我！"

我：????

还没反应过来这是要干吗，就听他惨叫了一声："完了！我又输了！"然后盯着手机叹了口气，幽幽地说："早知今日，我一定好好听历史课。"随后我被他提问了一路……有时候觉得胜利的到来不是因为我们"暗中二打一作弊组"的综合实力有多强大，而是因为对手太垃圾。内容知识包括朝代年份、帝王年号、物理公式、化学反应、月相更迭、区域时差，然而这只是噩梦的开始……随后两天，由于"头脑王者"这个游戏越来越火，一向喜欢夸耀自己博学多才的我，在和朋友聚餐出去玩时被提问了各种各样的问题，上及天文下至地理，化学、生物、文学、艺术统统不放过。

感谢这个小游戏，让我发现自己高中没有白念，电影院没有白进，动漫没有白追，新闻没有白看……但老曹这会儿想和大家来谈谈"白"这个字。

你会不会也总是听见别人说起什么事，带着轻蔑的口吻评价："有什么用？不过是白费力气。"

"活动办好了又没人给你发钱，那么用心有什么用？"

"你又不打算申请研究生，那么努力复习有什么用？"

"不能提高绩点，你参加那些社团活动有什么用？"

"读了反正也会忘，你看书有什么用？"

"以后又不当画家，你学画画有什么用？"

"又没喜欢的人要追，减肥化妆有什么用？"

……

如果你也总是听到这样的话，老曹要给你一个建议：远离所有那些以"有用"来衡量你的一切所作所为的人。因为你马上就会发现什么事都经不得推敲，这个可能没有用，那个可能没有用，那么究竟什么有用呢？就在别人踏踏实实付诸热情与努力，最终收获了成果的时候，你依然一事无成，瘫在你的座椅上刷着手机打游戏，嘲笑那些总在做些"无用之事"的人。

什么事都不去尝试、不去认真，就有用了吗？你想要轻松，想要简单，想要一蹴而就功成名就，可是生活原本就不容易。

很久之前的事了。

问一个我看好的学生要不要试试某个项目，他下意识拒绝了。老曹起初有些讶异，要是换了自己，遇到做事的机会大概会一把抓住。究其原因不过是两条：一是觉得自己没时间，二是觉得做这些事没有什么用。自私自利，总希望自己做的事都对自己有清晰可见的利益，却又浮躁得很，希望自己做一件事就立马名利双收，能有一番惊天动地的大作为。这些似乎是这个时代的通病。

之前有一个视频拍摄的内容需要请一位随行的摄影师，原本开价2000元，最后谈着谈着对拍摄内容产生了兴趣，于是直接降了一半的价。起初还价是因为经费实在紧张，结果后来他答应得这么随意，1000元一天还自带相机三脚架甚至还会打光，这个价格不禁让人心生怀疑。结果到了场地一看，那位大男孩不仅心态很好而且耐性十足，技术还非常OK。忙碌一天下来，老曹都觉得有点儿不好意思了，晚上回去的路上，忍不住问起来为什么愿意低价接活。

"我还年轻，那些请我来的人，不就是花钱让我练手吗？"

他说这话的时候看着窗外，表情很淡然。我却忽然被触动了。

其实往长远里看，你做的哪一件事不是在为你积攒面对未来挑战的经验呢？倒不是说这个可以成为老板不给奖金的理由，但是在青春年少时，对于家庭状况尚可的人而言，只要你克制一下消费的欲望，基本也不会缺钱。钱多半儿还没有成为被考虑的首要因素。

忽然想起曾经有一些事要分派给学生去做，摸着良心说，虽然要做好并不那么简单，但绝对是有锻炼价值的，可以从中吸取很多经验。找了一个自己看好的学生，他一口回绝："又没什么钱，还占用时间。"

这话说出来可能有点拉仇恨，但是据大森看来，占用时间并不是你拒绝一件事的原因，尤其在大学里。反正许多人要时间也没有什么用。

蔡康永在《康永，给残酷社会的善意短信》中说过这样一段话：

> 15岁觉得游泳难，放弃游泳，到18岁遇到一个你喜欢的人约你去游泳，你只好说"我不会耶"。
>
> 18岁觉得英文难，放弃英文，28岁出现一个很棒但是要英文好的工作，你只好说"我不会耶"。

人生前期越嫌麻烦，越懒得学，后来就越可能错过让你动心的人和事，错过新风景。

人生无常就在于，你永远不知道何为有用、何为无用。也许你辛辛苦苦学会了游泳，下一个爱上的女孩却只喜欢看书；也许你决定把英语学好而放弃了二外，却发现你得到了一个出国的机会，唯一不符合要求的是你只会英语。

既然如此，就把手边的事都做好吧，不用去考虑太远，反正你也不会算命。

也许会有那么些人，半生吊儿郎当无所事事，却忽然找到了一件自己真正热爱的事，于是一头扎进去并为此付出不懈努力。

而大部分人都没有那么幸运，他们这一生都不会遇到真爱的事、真爱的人。他们可以凭借的，不是满腔热情，而是始终如一的态度。

认真的人，做什么事都是认真的。

如果你明天有一场考试，不管这个分数有没有用，复习到的知识有没有用，尽心尽力去看书做题吧；如果你在参与举办一场活动，不管有没有薪酬有没有回报，既然接手了就努力去做好吧；如果你爱上了一个人，即使觉得没有未来，也认真对待相处时的每一瞬间吧。

即使老曹说错了，你学会了做海报却没有遇到需要这项技能的实习工作，你学会了做预算清单最后却一生不必与财务打交道，你看了好多书好多电影也没派上用场。那不如去玩玩"头脑王者"，如果你非要满足一下自己的功利心的话。

一旦习惯用利益去看待人生，就失去了生活的"情趣"。爱值多少钱？美感有什么用？善良与诚恳能为一个人带来什么样的利益？我们从小被裹挟着去权衡自己的时间价值，我们习惯了用"你拥有什么"来评判这个人的价值。然而对一个健全的人格来说，多背一小时数学公式带来的意义未必会比玩一小时的泥巴要多。李诞说人间不值得，但人间其实太值得了，只要你别问"人生的目的是什么",因为人生本来不该有目的。就像纪录片《四个春天》里的那对老夫妻,他们会唱歌跳舞、会多门乐器,但他们不会问自己唱歌有什么目的,是要成为音乐家借此谋生吗?还是为了在亲朋好友面前展示自己有多少才艺?都不是。当你对一件事产生了兴趣,那就去做吧。

假如有人劝阻你,问你这件事有什么用,没有必要解释太多,因为对他而言世界已经是为"有用"而存在的了。如果他是你身边的人,那么,祝愿你未来拥有一个和你一样对生活充满热爱、愿意用短暂一生去尝试各种各样事情的人。

在这个越来越功利浮躁也越来越疲惫无力的时代,不留余地的认真与专注,是我们对抗"丧文化"的最后一把利刃。

你每次都说要重新开始，其实从来没有做到过

你是不是也渴望过新的开始？

就像每次开学季，朋友圈都少不了学生立flag说要新学期新面目似的。有人换了新造型"削发明志"，或是暑假寒假吃胖了立志开学要减肥；有人上学期经历了糟糕的恋爱生活，发誓接下来的一年要"我爱学习，学习爱我"，从此天天向上，不问世间情为何物；也有人退出了学生组织，决定从此远离江湖是非，一门心思专注于实习或是考研。

即使是工作了之后也不能免俗，假期吃喝玩乐睡懒觉补回了精力，就突然忘记了自己过去一年的屌样，像是幡然悔悟了一样，在上班第一天嚷嚷着开工大吉，声称新的开始要积极、要努力、要加油、要做最好的自己……

面对这些间歇性励志状态，评论区有时候会充满善意的鼓励与认可，有时也会开启群嘲，比如"年年都说这样的话你不累吗""坐等你的flag

大旗倒下""去年今日你好像也是这么说的""还是和我一起认命地继续胖下去吧"……

你也许生出一股冲动，想拉黑他们这群不思改变还要泼冷水的人，但是你不能，因为你知道很多时候他们都说对了：

你每次都说要重新开始，其实从来没有做到过。

杨德昌的《恐怖分子》里，当丈夫追问妻子为何要与自己分居时，她是这样说的：

> 当初结婚
> 以为那是一个新的开始
> 想要生孩子
> 也以为那是一个新的开始
> 重新写小说
> 也希望那是一个新的开始

而当之前所有的"新开始"都变成了周而复始，自己真正想要的依然从未得到过，生活依然单调贫乏，她还是在选择"一个新的开始"。像何宝荣①挂在口头的那一句"不如我们从头来过"，"为着重新开始"，他们离开了香港去往阿根廷，但是多少次全新的开始都无济于事，同样的问题依然横亘在他们之间无法解决，重新开始只是一个谎言。

---

① 何宝荣：该形象出自电影《春光乍泄》，由张国荣饰演。——编辑注

我们执拗地迷恋着"新开始"，想要改变自己的处境，改变自己的人生轨迹。我们以为把过去抛下就可以成为新的自己，重生题材的小说也轻而易举地受到了读者的欢迎。把过往的一切不甘、伤痛和沮丧都抛开，是啊，你明明知道自己想要成为什么样的人，知道自己向往的目标，那么究竟是什么阻碍了你呢？

你把所有的错都笼统推给"过去的我"。

"过去的我"一肚子怨气：这个锅我才不背，现在的你和我有区别吗？

重新开始的决心并没什么不好，只是未曾深思熟虑付诸努力的决心，最终不过是一句空荡荡的口号，甚至会沦为自我逃避的途径。因为你所谓新的开始，不过是把过去的挫败感、无能为力、痛苦软弱和有待解决的困惑一并放下，像抛下了一团乱麻，扯过一卷新的毛线继续弄乱。

曾经一个学妹，人还算聪明，态度也特别良好，高一上半学期考完期末考，垂头丧气，十分诚恳地来问我要怎么提升文科成绩。我给她开了书单提了几条建议，她说好的好的，书都下单了，下学期一定努力，给自己制订了早上六点起来背英语、每天读三十页书之类的计划。

又一个学期后她说，高二要振作起来。高二结束了说高三要真的开始努力，高考完说经过最后结果的打击，大学里一定要努力，还有挽回的余地。

新的一年，新的一岁，新的工作，新的家庭，新的环境……都没有任何意义，如果你本身不曾改变，即使开头强行扭转了局面，随着时间的流逝，也会依然懈怠，回归自己原有的路途。

过去和朋友玩"真心话大冒险"，有人问我，如果能够拥有一种超能力，最希望拥有的是什么？那时我说，希望能够让所有人在每天醒来时忘记我，然后我可以和所有人不断地重新开始、重新相遇。然而那只不过是对自我的懦弱逃避。我们让故事一遍一遍重演，愿意循环往复地陷入新恋情、遇见新的人、开始新的工作是因为默认有一个"乌托邦"存在着。我们认为自己有朝一日，必然能够摆脱一切让人糟心的、烦恼的东西，去向一个完美之境。可是这个世界上哪信有尽善尽美呢？

《野草莓》里的一句台词，我在情绪沮丧时常常想起：

我想要死去，永不超生。

我已经不想要什么新的开始了。

我不会一觉醒来就变成另一个人的。

我注定要和过去的自己一同走完余生。

说着"从明天起，做一个幸福的人"的海子，最后也无法获得尘世的幸福，因为明天永远不会到来，每一天都只是今天。过往没有那么容易抛开。你的观念你的行为模式如影随形，是过去的十几年甚至几十年形成的。你每一个选择的背后，都是大脑程序发出的无数道指令共同促成。不是简单的新一天、新学期、新一年就能带给你全盘重来的力量，学会与自己抗争并和解，是心灵的长征。

但是也并非无可奈何，说这些并不是为了让你垂头丧气失去信心，而是希望你能够更加勇敢，面对自己即将得到的有所预期。生活不是游戏，完成一个任务不会让你马上升级，生活不会给你那样快速的回报，所以。及时的反馈和奖励正是游戏的迷人之处。对于更多人来说，改变是潜移默化的，不知道要跨越多少大山大海，才会发现自己已经来到了一个新的地方，才能写一张明信片寄给过去的人，让他们知道你已经不在原地。

只有你自己清楚，迈出的每一小步，其实都是"新的开始"。

所以，立下宏远志向无可厚非，但也许给自己一些小小的奖励会有所帮助。假如你像曾经的老曹一样，决定新的学期要减重20斤，那么就从每周的一斤开始，或者从今晚少吃一顿饭开始。只要你想去改变，不需要逢年过节的仪式感，每一刻都是崭新的人生。而即使你中途放弃了，没能真的坚持减重，那么前期的努力哪怕只是让你瘦了一点点儿，也足以感到自豪。

"苟日新，日日新，又日新"，唯有宽恕自己的过错，反思自己的选择，才能让自己和过往和解，以时时刻刻崭新的自我继续走下去，而此时此刻就能成为一个很好的开端。

我说的也许不对，但衷心想把这些话，送给所有准备迎接新开始的你。别沮丧，别预设回答，也许这一次你可以有所不同。

没你瞎操心，说不定活得更好

老曹是不是操心太多了？

最近老曹开始反思一件事，自己是不是操心太多了？

说起来，当老师的多多少少都有些职业病，每天变着法儿替学生操心这个操心那个，自觉给的建议大部分都还挺有用。于是不经意间开始习惯性"服务大众"，看看身边的家人和朋友，这里可以改改，那里可以做得更好……哎呀，你这样肯定不行，我替你想个办法吧！

然后矛盾就产生了，学生真好，经常觉得老师说得有道理。身边的人，即使觉得你有道理，偏偏就不肯这么做。何况生活中爱操心的人还真不少，从小到大身边的人只怕给你规划出了几千个平行时空。亲密关系中，"关心"和"瞎操心"的界限就更加不好找了。多少情侣分手时要扯上一句"你控制欲太强了，总是要干涉我"然后换得一句"我只是想关心你"！

"我的事儿我自己解决，你就别替我瞎操心了。""我心里有数，这事儿你别管。"假如类似的话你也听见过，那么恭喜你，你已经与老曹一样光荣晋升为老妈子了，尽管你可能也只是个男青年、女青年。

（为了自己的发际线着想，也少操点心吧！）

操心有时候是需要点身份的，父母可以为年幼的孩子多操点儿心，孩子替爸妈操心多半就有点儿不合适……但我们从小接受了来自父母的"我管你是为你好，爱你才会管你"的设定，很容易分不清什么是关心与爱，什么是把自己的意愿强加在别人头上。

然而一个人已经成年独立，比起操心，更需要的是信任。假如你们只是同辈间相处，尤其是在恋爱关系中，心有时候要收一收了。"为了你好"不是让过度的操心带给对方压力的借口。

当对方向你倾诉自己遇到的烦恼时，第一重要的是倾听，然后根据自己的能力给出些建议与宽慰，做到这样就好了。什么是瞎操心呢？是你不仅要给建议，还希望他执行，他要是不这么做，你还得生气，然后再隔三岔五问上一句：哎，你那事儿按我说的做了没？我说了那么多你怎么就不去做呢？你要是按我说的做，事情能搞成现在这样？

这样的关系里，对方感受到的不是你的关心，而是控制欲与不信任，于是下意识排斥和抗拒也再自然不过。

控制欲实在是恋爱里的一大块绊脚石，除非对方正好是个没有自我、愿意事事被管控的人……（这种确实也蛮常见，但希望我的学生们都可以成为一个独立自主、有想法的人）更多时候，我们会直觉性排斥那种自身意愿被忽视的情境。所以说，少看点霸道总裁的套路，爱一个人不等同于你可以觉得对方傻，什么事儿也做不成，所以处处为他着想铺路。两个独立的灵魂要想和谐相处，最重要的就是尊重彼此。

我们都不是小孩子了，不需要照顾对方的衣食住行，不需要指导对方的行为模式。他在遇到你之前可以把生活过得很好，让自己变成一个值得被爱的人，那么和你在一起之后，你也应该信任对方可以把自己的事料理好。如果他做出一个选择，那就是他的决定，有他自己的理由和思考，而你的思考，也不见得比他高明多少。

如果你的过度操心也变成了他的负担，相信我，下次他就算遇到麻烦事儿，多半也不会和你说了。你希望他事事顺心，而他也希望能在你面前表现得有担当有能力，不必你事事操心。

莫挨老子！

那他要是把事情搞砸了呢？我确信他听我的，就可以过得更顺，也会更开心，有更多时间可以用来陪我。

有的人或许要这么问了。

第一，谁能保证自己一定正确呢？你认为自己是对的，只是你认为而已。

第二，即使你是对的，他就必须这样做吗？

也许他知道选择的那一头是南墙，但他还是想去看一看、撞一撞，感受一下南墙到底是个什么。也许他知道自己足够坚

坦白说，我不喜欢和笨人做朋友。笨不是智商低，是没想法。

笨人永远不知道用尽一切去思考的人，有多么绚丽和伟大。

　　饺子，一个让人又爱又恨的美食。爱它的热乎温暖、味道鲜美，恨它的制作繁琐、无可替代。妈妈牌饺子如同妈妈的爱，总是喜欢包裹很多东西去爱你，白白的皮下面有太多内容，或许是你爱的三鲜，或许是你不喜欢的大葱。但不管你怎样想，别无他家，只此一号！

强，撞一下也没什么大不了。你越是强行要求，反而越容易让对方反着来。逆反心理不止存在于青春期。

而你要做的，是在他撞疼以后及时给予温暖，照顾好彼此的灵魂。没关系的，你已经做得很好了，下次会更好，我带你去吃顿大餐缓解一下情绪吧，你想安静一下也没问题，但要记得我一直陪着你。

而不是：你看，我早说吧？

看到过一篇自然科普的推文，讲树木的"树冠羞避现象"，在一片森林里，树木间仿佛能感知到彼此存在般地留下了互不打扰的空间。当一阵风吹过，你一定可以听到树叶摇摆着发出窸窸窣窣的声音：莫挨老子！

树犹如此。必要的空间距离，才能保证更好的自由生长。当然，城市里的树年龄比较小，又给空气污染熏得有点傻，所以挨挨挤挤长在一起，这也不能怪它们。

无论怎样亲密的身份，都不该是你过多干涉他的凭据。就如同里尔克告诫的那样："爱既要给予所爱之人以空间，又要予其呵护，助其成长。"如果文字没法让你直接感悟到恋爱中的这一点儿，就跟猫学一学：安静陪伴，适度关心，保持距离。

毕竟没你瞎操心，他一样过得很好，说不定能过得更好。

为什么事情一多就什么都做不好呢

三心二意显然是个贬义词。

但是不知道是不是因为社会节奏变得越来越快，每个人都盼着快一点、快一点、再快一点，赶紧去做更多的事情，有更多的成就才不会被抛下。但是，一天的时间又只有那么短短的 24 小时，以至于人们渐渐开始羡慕那些可以多线程同时处理好几件事的人，甚至还有各种各样的文章教你如何培养"三心二意"的能力。（比如我的文章……）

"效率"成为这个时代的关键词。

你身边一定也有这样的人，他告诉你自己这两天又要写报告又要交论文，然而今天晚上要去开一个什么会，明天下午要去参加一个什么活动，对，他还要忙里偷闲跟朋友聚餐。他的日程表满满当当，有许多事要去做。碰到这样的人，你也只好感叹一句：佩服佩服。

但真的有人可以同时把好几件事都处理得恰

如人意吗？上周还有人在采访时问过老曹：你又做公众号又做电台，要管学生要旅游，这么多事情你真的可以全都做好吗？会不会想做的事情太多，反而什么事都没法真正做好？

"为什么事情一多我就什么都做不好呢？"

我想了想，也许有两层原因。属于可控因素的，是一个人的精力，或者说生命力。如果你养过小动物，比如长期关在笼子里的兔子、胖到走不动路的猫，很轻易会发现它们在身体状况不好、缺乏营养或者必要的运动时，要让它们听从指令向你跑来会变得更加困难。这话是老生常谈了，但保持规律的作息和适当的锻炼，还是很有用的。这样做会让一个人充满生命力，有着无穷无尽的力量去面对事情、解决事情，而不是时常感到疲惫、厌倦、无能为力。

属于不可控因素的，事多事少还是要看一个人的特质。就像做学问一样，有些人天生适合一头扎进一件事里，专精一门，用半辈子的时间去经营；有些人则热爱广博，各类领域都想去探寻一番，也许没有一件事能达到怎样的深度，却可以用广度去弥补不足。真正让你没法将事情做好的原因，不在于你有多少想做的事，而在于你不知道怎么去做。

一是要认清自己究竟有多少时间与精力去做自己想做的事情，如果想要去做的事情多得让你无法一一用心完成，就要考虑有所舍弃，或者起码分清主次顺序：哪些是你今天必须要做的，哪些是对你的未来最重要的，哪些事情没有尽心完成的结果最坏、影响最大，诸如此类。如果你的野心远超于你的能力范围，你却又什么都不肯放手，只会让自己在一切事情上都展现出三分钟的热度，每次碰到一件新的事情都会立刻把它当作自己的奋斗目标，最终只能精疲力竭并且一无所获。

长此以往，他可能看起来也活得风风火火忙忙碌碌，但更多的忙碌也只是为了掩饰自己内心越来越多的空洞。没有一件事可以真正地深入地被他放进心里，热情也不过是用来欺骗自己生活有意义。

二是永远保持专注，即使你有三心二意的能力，也要做一心一意的事。也许你有很多事要去做，你心里清楚自己今天要完成的任务有很多，但是依然要活在当下，专注于自己当前正在做的事情中。

就像老曹的学生里，不乏一些在考前十分焦虑的人。他们要在接连几天里，面对好几门考试，所以一去图书馆就带着一书包的书。做了半篇英语阅读，觉得自己还是应该先复习高数；看了几章高数，又觉得自己高数掌握得应该还行，不如先去看看自己学得最差、心里最没底的那一门。如此反反复复，太过浮躁以至于无法静心沉浸于学习本身。

这些事都是该去做的，你也有能力把它们一件一件一件一件一件做完，与其将时间用于焦虑不安或者用于担忧结果，不如用于争取当下、抓住现在。

《三傻大闹宝莱坞》里的拉加很想好好学习，每次考前都要求神拜佛，成绩却一直上不去，兰彻对他说："带着这些对明天的恐惧，怎么能活到今天？怎么能专注学习？因为你是个懦夫，惧怕未来。"未来即未知，我们每一分每一秒都站在命运的交叉口，要决定自己此刻要干吗。

其实老曹也有很多的遗憾，时间是永远永远不够用的，我们无法避免有心无力。如果不是这样，秦始皇也不会在晚年派出术士寻找不老仙药；而在他尚且年轻、一切大有可为之时，寻找长生不老之法正是他所厌恶的。如果没有遗憾，不会有"向天再借五百年"之说。

比如我一直希望能跟自己教过的每个孩子当面聊一聊，也许一个年级那么多人，谈不上对每个人都有多么深刻的了解，但起码见一见，闲谈几句。确定一下他们有没有什么无法解决的烦恼；判断一下他们的状态，会不会抑郁，会不会太过焦虑，会不会在需要人帮助的时候难以开口以致孤立无援。可是每一届的学生有那么多，即使只跟每个人谈十五分钟，加起来也是不短的时间，而生活中又有那样多的事情要去做。

比如我依然会不可避免地，在朋友需要时缺席。也许他这会儿有点儿烦恼，但我正在忙于别的事。

知道自己做得还不够多、不够好，能够心存遗憾，就会继续付出努力，尽可能让生活被安排得更加合理。总有一天会成为自己想成为的人，做好那些自己真的很想去做的事。怕的是明明什么都做得不够好，还要沉浸在别人的安慰里：我做得太多了，承担得太多了才会这样的，其实我已经很努力了，已经很棒了。

忘了是在村上老爹的哪本书里看过一句话：没有专注力的人生，就仿佛大睁着双眼却什么也看不见。①

---

① 这句话出自村上春树的《眠》。村上春树，日本当代作家，代表作品《刺杀骑士团长》《挪威的森林》《海边的卡夫卡》《1Q84》等。——编辑注

我们有太多的机会去三心二意，但也别忘了要秉持着一心一意的态度。

　　在爱情里也一样，你分明知道你们也许走不到最后，这个人不会是你生命中的唯一，但既然开始了，就要将其视为唯一。爱情既然开始了，就要以长远盼之。

"近一年，我总会不自觉地顺着她的意思。"

"大学三年了。刚报到的时候，妈妈说要来找我玩，我忙着上课做作业，跟朋友一起吃喝玩乐，总是不耐烦地拒绝了她，她也就不提了。后来有一次在家，听到她跟朋友打电话说养女儿最担心了，出门在外都不知道那里到底怎么样。其实她不是玩心大，只是想看看我过得好不好。"

"想不起来具体是什么事了，像是忽然间就不再烦她打电话，也不会再觉得她什么都不懂，即使觉得她说得不对，也想尽量附和她。"

……

老曹收到的这些回复，源于很久之前问的一个问题：

"从什么时候开始，和妈妈有分歧的时候不再怕她生气，而是怕她难过？"

千言万语纷纷汇聚而来，最后有个朋友写了一句："从你长大的那一刻开始。"

小时候，父母就是这样一种权威的存在，你做事的方式、思考的方向，无一不在无意间模仿着他们。犯错的时候最害怕来自他们的怒火与责骂。没有听他们的话以致把事情搞砸的时候，也会千方百计掩饰。他们可以理直气壮地教导你，告诉你什么该做什么不该做，这是一份信心，尽管不讲道理。

　　可到了后来，就会发现妈妈其实不是神，她只是个普通人，她会做错事，她会不知道如何是好，其实她也只是比你在这个世界上多待了几十年而已。说起来，"我吃过的盐比你多"又能证明什么呢？但是父母需要给自己这样一份信心，不然又有什么倚仗去保护自己的孩子不受这个世间的恶意侵扰？他们能信赖的也只有自己几十年内吸取到的经验或是教训，他们也是第一次当父母。甚至到后来，你越走越远了，逐渐在一些领域比他们懂得更多了，也会看见他们的不知所措。

　　有一个朋友说，她以前和父母出去玩，行程几乎全部是由妈妈敲定的，妈妈张罗着一家人吃住游玩，自己什么也不必操心，只要跟着他们走就行了。后来她长大了，开始自己一个人到处走，慢慢学着把一切行程安排得井井有条。有一次假期再和他们一同去旅游，妈妈还习惯性地想要排队买门票，而她已经在网上买好了电子票，就听见她爸说：

　　"你就别瞎操心了，她会的比我们多得多，听她的安排就好了。"

　　那一刻，她看到妈妈的脸上有一些失落和伤感。

　　后来她故意装作好奇一处历史遗迹的来历，去问曾在年轻时当过导游的妈妈，妈妈嘴上嫌弃着"怎么这个都不知道，别整天玩手机，还是要多读点书"，一边又高兴起来，带着些许得意的神情跟她细细讲了。青春期时的她十分抗拒父母的得意，当妈妈说起年轻时的才华和美貌，她把不屑明晃晃地写在脸上；当爸爸试图提起自己事业上的进展，她也故意装作走神，在心里嘀咕着：这有什么好骄傲的？

这一天来得太早了，她主动提供给父母得意的机会，让他们确认自己的社会价值，从而抵御衰老的哀伤。

想起来小时候读到过的一段文字，大意是讲不要在父母年老时"闲置"他们，总是说"别瞎忙活了，我来吧""你坐着歇息会儿吧"。而是要不断提要求，也许是想吃某道菜，也许是生活中的一些人情世故上的求助，也许只是陪你出去走走，或者趁你假期时帮忙照顾一下猫狗……这不是一味索取，而是不要一味回报他们，却剥夺了他们的存在价值。也许他们到了一个年纪，一个大多数人都不再需要他们了，只希望你还需要他们的年纪。

也听一个学生困惑地问过我，他从小跟父母之间的关系就很疏离，父母从来没有照顾过他的感受，只是要求他去做他们认为正确的事情。他小时候甚至无数次幻想他们只是自己的养父母，而总有一天，自己善解人意又出众的亲生父母会来寻找自己。整个青春期也在争执与沉默中交替度过。可自从上了大学后，母亲却经常试图跟他沟通情感，试图关心他，但双方都不太适应这种模式，每次没聊几句，她又开始试图对他做价值上的判断，或是指责他做得不够好。

我一时也有些不知道该怎么回答。没有办法向他担保说继续尝试沟通一定会有好的结果，因为父母固执起来也是很难改变的，但也不能让他就此放弃，从今往后只与父母谈论"今天天气不错"这样无关痛痒的问题。

反倒是学生自己想通了，"她也许永远都当不了一个好妈妈了，但她每次小心翼翼地试图关心我，我就还想再给她一百次机会。"这个学生最后说。

越是长大，越是心智成熟与独立，索取得就越少。原生家庭不能给予的，也或多或少会逐渐用别的来填补。于是曾经的抱怨都淡了，反而想去保护日渐老去的妈妈。

看过一部动画电影《鬼妈妈》，后来一直被我列在自己的"十大童年阴影"名单里，另外九大则是《魔方大厦》《邋遢大王》等等，好像跑题了。总之《鬼妈妈》里，小女孩卡洛琳在现实生活中的父母都忙于工作，经常忽视她的感受，后来她在房门背后的世界里遇到了"另一个妈妈"，会满足她的所有愿望，也十分善解人意，在取得她的信任之后却突然黑化，想要把她永远留在那个世界里。

那时我认真地想过，如果自己是主人公，如果"另一个妈妈"没有变得形象凶恶，而是永远那么体贴温柔，我会怎么选择呢？

我还是会费尽心思逃离，因为"另一个妈妈"再好，也不是我独一无二的妈妈。我真实的妈妈不完美，但是真实地存在着，笨拙地却真心地爱我。也许她不是歌里唱的那样"世上只有妈妈好"，也许她真的不知道要怎么做个好母亲。可是妈妈和我，一直在努力学着彼此接纳，我们都不是彼此想象的最完美的样子，但依然是这辈子永远爱的人。

之前和朋友一起看《请回答1998》，她感叹说年纪越大，就越难被电影里的爱情感动，看到什么甜蜜日常生死相许只想骂"傻×"，可是一看到关于亲情的，哪怕只是主人公带着哭腔喊一声"妈妈"，哪怕只是父母望着孩子离去的背影，就忍不住要掉眼泪。追求梦想和坚持奋斗也都看淡了，为周星驰的《新喜剧之王》掉的唯一一滴眼泪，是为在片场饱受欺凌的女主对父母说的那句"我很好"。

或许是因为爱情在变得廉价，早已不指望什么真爱永恒，但却越发意识到，朋友会不再是朋友，曾经的恋人也可以转头分手，只有父母，无论过了多久，还是会愿意无条件地为你做任何事。

我们对父母究竟该有多少期待呢？一个学生讲起自己高中最难挨的那段时光，因为暗恋一个不喜欢自己的人，而被知道此事的同学们嘲笑着，成绩急速下滑，每天几乎丧失了去上课的动力。晚自习也竭尽一切可能找尽各种借口不去教室，只是在寝室里躺着，仿佛有睡不完的觉。最后她终于半夜向父母哭着提出要退学。父母很为难，但还是答应了她。

第二天她去学校，和班主任说要退学。班主任说："你爸妈心里肯定是担忧你的未来的，是因为爱你才压下了自己的情绪，去包容你的决定。那你能不能也为他们再坚持一下，勇敢一点儿呢？"

过了几年她再和父母讲起过去的事，问他们："那时我让你们失望了吗？"妈妈说："没有，我本来就不该把自己的期待强加到你的头上。你一直都是我想要的女儿。"

同样的，也努力多宽容她一些吧，她曾经也是无忧无虑的少女，几十年的风雨波折，请别再让她难过。想告诉她：我不只爱你是个好妈妈的时候，你不够好的时候我也爱你。

我不怕你生气了，只怕你伤心。

2018年里感受到的第一种群体性状态，有点丧。
不是励志不是振奋，是孤独。

前段时间，朋友圈迎来了一波又一波的刷屏。
开始是相对比较小众的豆瓣观影报告，大家截个
图发发朋友圈，用来彰显一下自己影迷的身份以
及看电影的品位。然后是永远不甘示弱的知乎。

接下来的网易云音乐掀起了一阵热潮，没办
法，网易云音乐不仅能展示自己的品位格调，还
扎心。发朋友圈说自己失恋了、睡不着了、有心
事、没想法、一到深夜就抑郁，自己都觉着矫情，
还怕朋友圈里的朋友们看了心烦，迟早哪天把自
己这个负能量满满的人给屏蔽了。分享年度报告
多好啊，不显山不露水就能传递出一堆信息量：

"×月×日大概是很特别的一天，这一天里，
你把谢安琪的《钟无艳》反复听了83次。"

潜台词：大家好，我去年当了一段时间"备
胎"，那天正式失恋了。

"×月×日大概是很特别的一天，这一天里，你把Ed Sheeran的《Shape of you》反复听了9次。"

潜台词：大家好，我洗衣服的时候就爱听这歌。

"×月×日，这一天你睡得很晚，4时7分还在与音乐为伴。那一刻你在听One Star Closer的《Her Name Was Tragedy》。"

潜台词：我也不是个没心没肺的快乐少年，我也会失眠，我也听这些抑郁系的歌。

"在你的音乐品位中，也藏着高冷的一面，这首有些小众的《×××××》，在今年一共听了××遍。"

潜台词：看到了吗？我这个人超级有品位的！

看到最后的总结，看到网易云音乐宣称着这一年里，你一共在云村听了多少首歌，最喜欢哪位歌手，热衷哪个类别，喜欢在什么时候听歌，评论区里藏着多少回忆……你心里一清二楚：哦哟，这个APP又在打感情牌了。就像你一清二楚支付宝的年度关键词其实就是个数据分析得出来的结果。

但你还是被感动了。

摸着良心问问自己，这些年里随着逐渐长大，随着生活变得越来越忙，你还能够用心去关注别人吗？这个世界上有什么人，你能准确说出他最喜欢的歌手，最爱吃的餐馆，每天晚上几点睡，最近都在忙什么……你能吗？你不能。

也没有什么人，这样关心过你。

有一句话说得真好："别人稍一注意你，你就敞开心扉，你觉得这是坦率，其实这是孤独。"就像被一个APP感动了的我们，立马就想发朋友圈，一来是为了证明自己有品位，听的歌有多小众，花钱多有特点；二来则是孤独探出了脑袋，默不作声地发了一个小芽。

其实有些事，你一直想告诉别人吧。

其实你也很想告诉别人，自己喜欢听什么歌看什么电影，有时候胡思乱想总是半夜才睡。你也希望有人来问问你，那晚一直醒到天亮的时候在想什么，那天把一首情歌循环了83遍的时候是有多难过。

你听"后摇"，因为你冷静又温柔；你听摇滚，因为你在浮躁里试图寻找安宁；你爱上了民谣的浅吟低唱，或许也爱着深情的嗓音……你一直想证明自己，想让一个人看到，你和这世间芸芸众生有所不同。

过了一会儿小王子又说：
"人忧郁的时候，总喜欢看落日。"
"那么你看四十四次日落的那天，必定是很忧郁吧。"
小王子没有说话。

你可以不回答，但是也希望有个人来问一句。于是你分享了那些截图，想要给自己留下些回忆，更想要被看到；你又害怕别人看到真实的你，却又渴望能够让别人走近你，所以你自嘲着自己的年度总结，希望别人也能注意到你。

他们会说什么呢？他们会说："哦，原来你是这样吗？"他们的好奇会让你欲言又止吗？一个朋友跟风发了网易云音乐的歌单截图，过了一会儿，她把这条朋友圈删掉了。她看到朋友圈里一个人抱怨说："为啥不能一键屏蔽网易云音乐的截屏分享，又不是分享歌单，有啥可分享的，自己看完了就行了呗。"

是啊，有啥可分享的呢？

他们并不在乎。

少年，醒一醒！我们太忙了，要关心的事情太多了。动一动手指，就能浏览天下大事、明星八卦、热点新闻……除了你自己，根本没人在乎你。

你喜欢看星座分析，喜欢做各种心理测试甚至算塔罗牌，兴致勃勃揣测了一阵，分析了一阵，其实你自己也很少这样去关注自己，其实你自己也不够了解自己。每天只知道往前走，却很少看看走路的人是谁，你也未必比一个APP更加了解自己。

你分析了数据，提炼出了自己的一些特质，然后你分享出来，却发现，其实根本没人关心。你可以偶尔分享一下自己的经历或者自己的心情，也会有人来评论点赞，也会有人来问你怎么了。可是你不能喋喋不休地谈论自己，不能把自己过于敞开，不能吹嘘自己是个什么什么样的人，不能揪着一段感情不放手。

年后又兴起过一个微信小程序，如果你的微信好友可以回答出一些关于你的小问题，就可以领到由你发出的红包。我们迫不及待地想要得知，身边的亲朋好友对自己有多少了解，为此可以发出新年最阔气的红包。结果也许会让你失望，如果不想失望呢？最好的办法就是降低一下问题的难度。但即使如此，你依然会发现那些对你来说的理所当然，对他人却并非如此。

老曹也发了，前50个人，没有一个领到红包。

想起前段时间买的一本新书，叫《孤独远行》，来自老曹的好友阿SAM。说是好友，却也时常为他的只言片语感到惊奇：原来你是这么想的啊。也许他要说的很多心里话，我也是第一次在书中得知；也许，看到这段文字的你，也能明白一点我的心事。倘若有人在乎你，注视你，渴望了解你，要感恩，因为这份在乎来之不易。

在这个习惯孤独的人类世界里，要做一个不动声色的人，不要索取关注，不要贪图在乎。

不然，大家只是觉得你很吵。

朋友圈里的人也许是你的朋友，但不是垃圾桶

最近老曹朋友圈里的戾气似乎有些重。

虽然可吐槽的事情也的确多，无论是现实世界里大到社会事件、小到学生时代经历的种种，还是名人八卦、影视剧走向……都可以拎出来"气炸"一下，但总是觉得不那么妥当。最近学校军训发生的一些事有点儿"出圈"，以至于不管是不是当事人都要在知乎或者朋友圈发表点儿自己的想法。偶尔看到一下亲学生们的评论，真的发自内心为他们的理性发言感到欣慰。

当然了，这个世界上不公正不合理的事到处都在发生，想评价是你的自由，也不是不能说丧气话或者非要整天嘻嘻哈哈人间值得，但年纪轻轻的，暴脾气还是少点儿为好吧。

认识的一个小朋友，每天大概要发好多条朋友圈，一会儿是指名道姓说×××的做法让她恶心，一会儿觉得学校哪里哪里让她失望，一会儿又转发个社会新闻骂几句"人渣通通去死"……

适当的抱怨和吐槽真没什么，老曹也没少吐槽各种事。只是想说说个别那些拿着一件事当靶子，字里行间的戾气简直要扑面而来的人。在你口口声声对生活失望的时候，因为某个人或某件小事就开始句句不离脏字，无视了身边人与过去的人付出的一切努力，也无视了任何积极面，把少数人的问题上升到集体的问题，被消极情绪完全控制的你，对自己会失望吗？

骂完了就开心了吗？

除了让自己和身边人更加带有抵触情绪之外，还能有什么用呢？这个世界不合理的现象太多了，骂都骂不完的。说白了，人间也不是什么让你实现一切梦想的童话城堡。尤其是一些复杂的事情，在真相水落石出之前说话别太难听，以免让努力付出善意的那些人心寒。

最没有意义的不是你的人生，而是一味抱怨却不解决问题，停滞不前却自以为在抗争。

包括实习里遇到的各种糟心公司、奇葩同事、魔鬼上级……有个学生抱怨实习生里有一个人特别爱和带他们的老师聊天套近乎，明明自己工作更努力，老师还是更欣赏另外那个不做事的。也有的实习时间不固定，经常需要随叫随到，一加班就到深夜，于是每次加班都要设个分组把"垃圾实习"大骂一通。

你在学校里还能抱怨一下老师给分数不公，可是越到社会上，越不像试卷上的题目那样，对就是对，错就是错。擅长人际交往难道就不是别人的本事吗？不是提倡这样做，而是你要接受不合理现象的存在，甚至要明白自己很多时候寻求的不是真正的公平正义，而是对自身没能得到利益而愤懑不已。如果有什么特别不合理的事，敢于提出也可以让人赞赏一下，但因为没有勇气，只能在朋友圈发泄一通，不断夸大自己的受伤害心理，那也只能引用村上春树的一句话了：

"不要同情自己，同情自己是卑劣懦夫干的勾当。"

如果真的受不了工作强度，也大大超出了自己的能力范围，不如干脆辞职算了。

"可这个公司名声好啊。"

那怪谁呢？你不愿意付出代价却想拥有一切好处，这怎么可能呢？

前段时间，我的朋友圈出现了一个奇怪的氛围，一种把自己的情绪发泄当作是批判精神、指望着一切都如自己所愿的奇怪思维。我有个很棒的学生发了个朋友圈，深以为是话糙理不糙的典范了：

"我家村口的阿花发高烧把脑子烧坏了，但她学习也很努力啊，她为啥不能来同济？"

指望着一切都如自己所愿……你以为你是魏璎珞吗？

批判精神是好的，学会抗争也是好的，但先分清你是为了自己的小利小得而不满，还是真心想让一切变得更好。这个世界上有太多事不如你愿，而当你学会了"人权""自由"等词语，却对更重要的事视而不见，"如何看待"只是让大多数人在社交网络上寻找共鸣，然后心安理得地发泄不满，这不是抗争，是闹脾气。而网络更是带来一种群体性的暴力，动不动就叫嚣着"这样的人就该判死刑",是不是偶尔会让你联想起来法国大革命时的"国王必须死"?而当时,他们打出的口号也是要自由、要平等。

古斯塔夫·勒庞说:"个人一旦成为群体的一员,他所作所为就不会再承担责任,这时每个人都会暴露出自己不受到约束的一面。群体追求和相信的从来不是什么真相和理性,而是盲从、残忍、偏执和狂热,只知道简单而极端的感情。"

并且每个人都沉浸在错觉中,以为那样的情感源于自己内心。

大家都是成年人了,无谓的情绪发泄省省,阴谋论的揣测也省省。别轻易说失望,在合适的时候发光发热,学会换位思考彼此体谅,这才是大学里该学到的成熟。让理性把情感控制在可控的范围内,说出来的话才有价值,这个网络时代,需要你们每一个去参与维护和建构。

提意见没错,质疑不合理无罪,但是把自己心里原本并不极端的情绪,在舆论中发酵成愤怒和尖锐的言语去刺伤更多的人,这是应该反思的。因为极端情绪如果不得到克制,只会在未来伤害自己、也伤害更多人。

Interiew：我快坚持不下去了……

　　这些年，"压力"和"焦虑"成了生活中的高频关键词。每次看到新闻上因为学业压力、经济压力或是情感问题等原因选择轻生的年轻人，发自内心替他们感到可惜。其实很多事都在一念之间，一念生、一念死，留下了太多的遗憾。我不会去批评他们软弱，因为自己不是当事人，永远也无法真正体会他们所面临的处境以及当时的心情。可是对于依然在这个世间活着的人说，再坚持一下吧。

　　这句话说出来有些苍白，容易被反驳说：你根本不懂。也许我确实不懂，所以老曹向认识的人公开征集了一些故事，请他们说出一件当时感觉人生无望、生不如死、压力山大、坚持不下去，但是后来还是搞定了……但现在回头看，觉得当时的自己弱爆了的事。

小时候一直不喜欢文科，历史、政治什么的从来没了解过，初一的时候，期中第一次历史考试真的是啥也不会，排名从来没考得这么靠后过。

下学期，下定决心期末考试前一个月狂背历史书，一天一课，一个字一个字地背，大字小字重点非重点全背，背到12点没背完也不睡觉，背了一两周真的心力交瘁，为了尊严硬撑着，接着背完……

最后历史考了满分，搞了个总分年级第一……

不过当年的那些血泪付出，现在看来，只不过是后来初中、高中、大学，直到现在码这些字的同时，背书的常态而已。

——某刘姓男子

仔细想想，似乎那些压力特别大的事情都没有给我留下特别大的印象，大概是我这个人天生神经比较大条吧。印象最深的还是大三那年备赛吧，每天凌晨天不亮去推车，一帮人啃着包子暖着柴油，哆哆嗦嗦缩在小板凳上面然后再一起滚去上德语课。有的时候被一个电话从床上喊起来，半夜再滚去车间修车。现在想想那时候身体也是好，天天四五个小时睡眠也不见我出啥毛病，大概也是我德语爆炸的原因（误）不过有一点我倒是不觉得自己弱爆了，只是觉得那时候很执着，会少想一些事情，也会开心一点儿。

——婊婊L

真的还是有这么一件事：大一的时候，我想做一张参数化效果的图片放在自己的作品上，于是我用photoshop画了整整一天，上千根曲线都是我手工画的，越到后面电脑会越卡，软件还会时不时停止工作，我也几近崩溃，幸运的是我最后画出来了。现在每次回想起这件事都觉得当时自己真的又傻又天真，学了更多的东西后得知这种参数化的图完全可以用参数化软件自动生成，还能随意修改。

——天生是个画家的P

其实让我觉得自己弱爆了的瞬间还是挺多的。印象比较深的一次，是有一次校外一个认识的小姐姐叫我和她一起组织一个年会活动，我来负责其中一个模块。当时我才刚刚大二还是大三吧，平时参加这类活动其实不多，一下子需要策划这样的活动，协调很多不同的单位，真的压力蛮大的，可以说是什么都不会，什么都不懂。自己又非常着急很想做好，那一个月里基本每天都非常暴躁，感觉头顶在冒烟。有过很多次不想做的想法，但是出于某种情感都没有说出口。

在活动的最后一天，整天都在下雨，到了晚上，大巴迟迟不来接参加活动的宾客回酒店，一位来参加活动的记者质问我（唉，这个瞬间真的印象太深刻了）：你们活动怎么办的？我当时感觉马上就要哭了。哈哈，但是还是要努力安抚大家的情绪，另一边还要与大巴师傅取得联系。当时挺难过的，不是因为人家指责或者质问我，主要还是觉得自己没有做好。

那现在想起来，我的确觉得自己弱爆了。遇到问题，不止一次地想要退缩，总是想要去抱怨。不想说如果再来一次我会做得更好了，但是希望以后的每一天，我都能全力以赴，耐心地去直面问题并且解决它们吧！

——爱S先生不要不要的L小姐

那必须吹爆国创项目，因为大三大四基本都在车队忙比赛（其实就是拖延症），一开始也没想着抓紧先做完项目，等快到截止时间的时候发现很多硬件都崩了，无奈申请延期，这时另外两个学长一个毕业工作了，另一个还在国外，真正清楚这个项目该怎么做的并且还留在学校的只有我一个，眼瞅延期的时间也要到了，核心的技术部分还没开始做。

我都已经想好了要终止项目，准备等死。但是心里还有不甘，硬着头皮干了3个下午加上4个晚上，所有软硬件还有报告成果最后还是搞好了，庆幸项目里很多东西都不需要重新做，并且还有车队同学帮我一起弄。

不过现在的我觉得那时候我还是很厉害。总之，拖延症害死人，再总之，当你为一件棘手的事情烦恼的时候，直接去高效地处理这件事准没错，越进行下去越豁然开朗。

——嚷嚷着要减肥的李先生

体测的时候要测引体向上，然后作为一个短腿短胳膊的体育白痴，感觉自己生不如死，甚至想为了躲避体测去医院开一张免测证明。结果自己还是偷偷地趁着晚上的时候到操场去练习。虽然是三天晒网两天打鱼一般的佛系训练，但最终还是成功地做到及格了。现在回想起来体测的那点事儿，那些所谓的害怕和恐惧，都是因为！自己！懒！

——宝藏男孩小A

　　毕业刚入职那会儿，公司有个客户福利性质的操作，免费出设备给大的客户做展会的背书，虽然能给的就一台，但是好在客户不多展期也不扎堆，一直相安无事。我是做小客户A的布展联系人，前一年11月份小客户A就发了邮件说3月份要用设备，公司这边也反馈了可以。结果12月份新来了个大客户B，订单金额非常大，和大老板关系也很好，在1月份的时候也说要设备，好死不死还一个展会……然后，大老板拍板给大客户B，小客户A这边不好处理，协调了半天找了套一眼就看得出来老旧的设备给客户A，当然，定下这个事情的时候离大年三十没有几天。

　　没错，去和客户A说这个事情的就是我这个职场萌新，当时一是觉得我们公司理亏，是在做失信的事情，但又没有立场和能力去左右决定，二是觉得客户A那边的联系人非常好，也一直很支持自己的工作，感觉回绝他是自己的背信弃义一般。然而工作职责所在，不能推脱，又很难地夹在道德困境之间，胸中有块垒。只能带着失重式的无力感，度过一个并不令人愉快的春节。节后，客户A早一天上班，提前写好了邮件一早发了过去。春节假期的最后一天，是高中同学聚会的日子，去的朋友家。那年聚会，有位朋友带来亲手做的蛋糕，大家切蛋糕的时候电话响了，是客户A。

跑去朋友家的阳台，客户A愤怒、困惑又难以置信，面对百感交集的他，只能硬着头皮顶上，一遍遍道歉，一遍遍陈情自己的无力。万籁俱寂，事情平息，走回朋友家的客厅，蛋糕他们一块儿都没给我留。

现在想想，根本不是什么大事情，如果是大事情根本不会让一个刚入职不久的新人去处理沟通，只是自己看得太重了。另一方面，大家在商言商，都在自己的立场正确地做事，大老板为了生意回绝了A，但是给出了解决方案，我作为负责员工硬着头皮去沟通尽量稳定客户情绪，客户A保护他们公司的利益据理力争，所谓失信，也只是大老板决定承担的公司的失信，而与员工个人无关。人有悲欢离合，月有阴晴圆缺，总是生活的常态，何苦闷闷。至少还可以，私下里，约小客户A出来吃个饭喝一杯，无关工作。

——老曹的御用摄影师×

刚上大学的时候潜意识里觉得可以开启新生活了，再加上本身就有些慢热，在课程安排最多的学期，却没花很多精力和时间学习，导致期末第一门课出成绩的时候，差到怀疑人生。

对的，接下来开启了一年半的怀疑人生。把自己关在图书馆学习，一边拼命努力但看不到成绩有足够快的提升，一边怀疑自己是不是选错了专业，怀疑自己是不是智商下线，怀疑到几乎失去自信和骄傲，怀疑到看不见未来，怀疑到在学习这条路上放弃自己。怀疑到任何一件小小的不如意，都会让自己陷入一段时间的怀疑死循环。不过好在，在不相信自己的时候，还能劝自己：最好的还未到。终于的终于，在大三等到了转机。

一个学年主要学习相对擅长的语言，一个学年可以主持领导自己最喜欢的学生组织。在过完别人眼中最辛苦的一年后得到自己满意的"双赢"，让我意识到，是不是非要得到前10%的出类拔萃已经没那么重要了，在专长的地方展现最好的自己才是最最重要的事情。世界那么大，优秀的人比比皆是。别不相信自己，做你所爱，爱你所爱，才是值得。

——穿miumiu的小姐姐

也没有生不如死的程度吧，就是在车队的第二年，刚开始的时候，本来经历了一年的萌新阶段。觉得自己是时候好好学习技术成为正式参赛的队员了，结果突然被通知要担任一个参赛组的组长。虽然当时一股热血上头二话没说就答应了，但是完成小组队员招募以后就感到了一种巨大的压力，因为自己第一年，说实话没有学习和积累下足够的知识和能力，而且前两年小组的参赛成绩也不是很理想，招来的新队员又大多是被我忽悠来、对成绩有所希望的好兄弟，自己也希望能不负众望而且给自己创造更多的机会。

所以很长一段时间就开始恶补之前欠缺的知识，从硬件到软件各方面都匆忙地在学，而且压力大得睡不好觉，每天都乱糟糟地忙到三四点才能睡着。直到后来组员们给力地帮我承担起来，并且一直表现得非常可靠，比赛也顺利完成，获得了满意的成绩。

现在看来自己那时候还是很不成熟吧，首先作为组长应该更多地学会发挥每个人的智慧和力量，而且提高自己也要学会循序渐进，一口吃不成个胖子，有所侧重地逐步提高才是最有效的，觉得当时每天心力交瘁，什么都想学结果最后什么都没学会的自己，真的是弱爆了吧……

——W先生

这件事说起来有些不好意思，在这个学霸如林的学院里，我最难忘的一次这样的经历其实是熬夜复习过《工程材料》。那个学期我中间因为一些事情落下了课程，又因为自己的懒惰没有及时补上后半段，导致后面都跟不上。

考试的前一天，我还处于懵逼的状态。晚上9点左右，我有点看不进去书了。我真的痛苦。

一方面后悔自己的懒惰，另一方面面对那么多的知识点和挂科的危险，真的压力山大。我想着这么多内容，现在复习估计也来不及了，熬了也是白熬，要不放弃了就等补考再说吧？不行。我因为放弃败了这么多回了。无论如何，我得拼一回。

平静下来，翻开书本，努力去一章章啃，按老师讲解的思路去理解记忆。看了一夜，直到第二天走上考场的前一个小时还在不停地背。

最终也算得偿所愿了。现在回想起来，自己的意志力真的太薄弱了。又不是什么别人难为我的不可抗力，为什么从前那么多次没有多坚持一下呢?

——马姓影帝

高三的时候可以算作人生低谷了，因为偏科严重被英语老师放在了"重点关照"的名单里，她的本意并不坏。但那时候每天课上抽默30页单词词组、20条句子，默错的先是回去每个抄30遍，因为基础不好记性也不行，错得多的时候抄到凌晨两点，还要做其他学科的作业。

第二天到办公室重默到全对为止，还是站在办公室门口默，有一个比赛名额，她也说服语文老师给了别人。原本就有一点儿抑郁倾向，压力太大终于情绪爆炸了，半夜坐在楼顶给爸妈哭着打电话说要退学，说自己甚至想过要写一封信痛斥这个老师的苛刻。然后一了百了，看看她会不会后悔自己的作为。

我爸当时说了一句话，至今印象深刻："永远不要用惩罚自己的方式去惩罚别人。"

现在回头想想，无论为了任何人、任何事放弃自己，不值得。未来将会拥有美好与幸运。

——四字小姐姐

真的不值得呀朋友们，如果有人和你说一个东西比命还重要，千万别信。好运气总在后头等着你呢，不管什么大事小事，在漫长的人生中其实都不值一提，时间会解决一切问题的。你看上面的那些故事，不幸和绝望是在每个人身上都附着过的，你不是唯一的一个。

我知道你也许正在崩溃中，正在经历前所未有的痛苦和煎熬，也许你已经快要坚持不下去了，这个要求很无理，很让你为难，但是，再坚持一下好吗？

　　坏事马上就会过去了，明天又是新的一天。

　　你可以的，我保证再坚持一下就会看到新的转机。

　　一定一定答应我，好好活着。

我发现昨天很喜欢你，今天也很喜欢你，而且预感明天也会喜欢你。不论哪个时刻，我就是喜欢你。

借酒浇愁总好过对人诉苦，一场酣醉，言尽于此。摆着一张丧气脸四处说些丧气话，指望什么人能够为你的人生买单或分摊愁怨，是成年人世界中最大的不礼貌。

大学，醒一醒

读书，是件有用的小事

读书，是件小事。读书和学习这两个词，看着有点严肃，让人联想起来九年制义务教育里堆成一摞一摞的习题本，想起来考试的焦虑，还有占用了愉快假期的补习班。但，读书其实是很随意的，学习也是。不只是坐在教室里才叫学习，你出门散步看邻居为一点儿小事斤斤计较，于是你增长了社会阅历，这叫学习；读书也不只是在图书馆里屏气凝神，你可以在地铁、火车、飞机、客厅沙发、厕所马桶等任何一个地方读书，你可以正襟危坐，也可以自由散漫着读书，可以用手机读、用电脑读、用kindle读，当然也可以读纸质书。

读一天是读书，读三分钟也是读书，一本书一口气看到最后还是只翻了翻开头，全看你的兴趣所在。没人要来让你做阅读理解，没有人摁着你的脑袋要你读书，不妨心态放轻松一些。读就读了，不读也随你。

所以说，读书是件小事，随手可得的，多它不多，少它不少。于是，很多人跟老曹讲，读书确实是件没什么用处的事情。我当时只是笑笑。读书并不能使一个工科学生的专业技能有多么大的提升，并不能帮助一个成年人赚更多的钱，它跟金融炒股什么的完全都不沾边。好像读书确实没什么用，还不如打打手机游戏、电脑游戏、刷刷微博。

举三个例子：

前段时间火爆一时的《春风十里不如你》也带火了一首诗歌——舒婷的《致橡树》。虽然在70年代的诗人里，我不是特别喜欢舒婷，觉着她的朦胧诗不够朦胧，但这首还真是写得不错。在这个懵懂的年纪里，我的学生们会有许多看似恩怨纠葛缠绵悱恻的爱情故事；会有走下去一直到底的甜蜜；会有分分合合的痛苦。与其找人百般排解，倒不如自己读读诗歌，就好比这首《致橡树》。它可能就是每一段成功爱情的写照，也是每段失意恋情的镜子。读懂了这首诗歌，未见得保证你明白了爱情，但至少能提供个佐证，也不至于总出现些寻死觅活的事情。

假如这首还帮不了你，不如再读读木心：莫依偎我／我习于冷／而志于成冰。

第二个例子来自朱自清先生的《背影》。

父亲是一个胖子，走过去自然要费事些。我本来要去的，他不肯，只好让他去。我看见他戴着黑布小帽，穿着黑布大马褂，深青布棉袍，蹒跚地走到铁道边，慢慢探身下去，尚不大难。可是他穿过铁道，要爬上那边月台，就不容易了。他用两手攀着上面，两脚再向上缩；他肥胖的身子向左微倾，显出努力的样子。这时我看见他的背影，我的泪很快地流下来了。

这是出现在中学课本里的经典文章。老曹觉得出现得还是太早了些，中学生哪儿能体会到这种复杂微妙的情感呢？我第一次体会到还是在自己做老师迎新的时候，送孩子来大学校园的家长最后离开的时候千叮咛万嘱咐，小孩儿还是满不在乎的样子，父母一脸急切与拘束。最后叮咛完了，孩子向学校里，而父母向外，孩子一脸欣喜地走向学校，而父母的背影看来有点儿萧索落寞。在那个时候，我也终于读懂了《背影》这篇文章。

第三个例子来源于鲁迅先生的《故乡》。

他站住了，脸上现出欢喜和凄凉的神情；动着嘴唇，却没有作声。他的态度终于恭敬起来了，分明的叫道："老爷!……"

这也是出自中学课本，也是需要很多年才能读懂的文章。儿时的玩伴，结下深厚友谊的玩伴，因为阶层地位或者是金钱的差距，而变得谦恭拘谨或者趾高气扬。这种事情，老曹在走上社会，见识了形形色色的人之后，变得习以为常了。

举这三个例子只是想说明一个事情，读书其实是一个发现的过程。很有可能当时你读的书并没有产生什么影响，你就误认为读书无用。但是在将来的某个时候，你突然在生活中发现了这些书的影子，然后恍然大悟，原来读书是件放长线钓大鱼的事情。

老曹也曾被人好心当作驴肝肺，心里也有点儿火气，不期然就想起了孔夫子的一句名言："人不知而不愠，不亦君子乎？"

这个"不知"不仅是说知道你是谁，也可以扩及知道你的心思，明白你的动机，接受你的善意。我做我认为正确而有益的事，你不必理解我。

南怀瑾解释"学而时习之，不亦说乎"，是这么解释的。"习"不是复习，傻子都知道考前复习让人不快乐，孔子能不知道吗？习，更是见习。你书本上学到的知识，有一天放在生活中用到了，实现了，验证了，确实是件高兴事。

所以讲，读书是一件有用的小事。如果你喜欢读书，不妨坚持下去。

絮絮叨叨这么多，也是希望各位在假期里，在闲余时光多放下手机拿起书本。在这个时代，不缺少一个看手机、刷微博、讲段子的人，而急缺一个看书的人，急缺一种人文的精神。有心事想不明白的时候，约朋友出去喝酒蹦迪当然也是个方法，但是治标不治根，不如来找老曹聊一聊，我给你推荐本书。你看，和谁聊天都不如和圣贤聊聊天，你要是觉得他们不够有意思，汪曾祺之类的了解一下？他们在书里待着也挺寂寞，彻悟了人间种种也没个人来听，你去陪他们聊聊，听听他们说什么，不也挺好？

读书，是件有用的而且有温度的小事。

前两天看到一个小问题，觉得甚是有趣：如果还给你一种年轻人特有的能力，你选哪一项？

A.可以连续刷夜，玩到早上五六点，洗把脸就能精神抖擞地去上班；

B.怎么吃都不会胖；

C.头发浓密，皮肤紧绷；

D.什么都想尝试，什么都敢尝试；

E.特别经得起折腾，坐三天三夜的火车硬座都没事依然high；

F.莫名其妙的自信和自来熟，还显得特可爱。

我把这个问题顺手发给了几个人，其中一个想了半天说："这几条都很棒啊，好难选……我选A。"然后又过了一会儿，她反应过来了："可我就是个年轻人啊！"

是的，她才20岁。

和她一样意识到这一点的年轻朋友们平均都崩溃了15秒钟。

过去我们像打了鸡血一样活蹦乱跳地通宵玩还能接着上课上班，把觉攒到假期再补，到处胡吃海塞，想吃什么就吃什么，偏偏还不胖。过去我们和朋友说起想去哪里，立马订了票说走就走，为了省钱选择了更长时间的交通，凌晨到机场或是坐上一整夜的火车，一到目的地还能把日程安排得满满当当。过去的我们，不用化妆，不用精心打扮也能自信出门，凭借青春照样笑起来动人。

　　你以为自己还年轻，其实已经不再年轻了。

　　你以为自己还可以玩一个通宵早上洗把脸就去上课或是工作，其实你熬到两三点就睡着了，第二天关了闹钟直接睡到中午下午，然后头昏脑涨地起身，怎么想也想不起时间都去了哪里。

　　有次看到一个学生发朋友圈说她"没白起来"上我的课。

　　……拜托，我的课……时间是下午三点半……

　　但是放假了随便翻翻朋友圈就会发现，下午一点半刚醒来的，放假7天没出过门的，把作业工作一直拖到最后期限才草率完成的……大有人在。似乎大家还没老去就已经疲惫至极，还没有工作多久就开始臆想退休后如何生活。还有多少人，会怀着热情和愉悦早早起来迎接新的一天，会为自己化上一个精致的妆容，即使今天不必见任何人？还有谁愿意去不计回报地尝试各种新鲜事？然而却又在深夜谴责着自己白天的碌碌无为、虚度时光，又在年末总结里期待着下一年可以不同。

　　可是，为什么呢？

　　前段时间，冯唐发了篇文章：《如何避免成为一个油腻的中年猥琐男》。关于肥胖，他给的建议是"我们要把还能穿进十八岁时候的牛仔裤当成四十岁时候的无上荣耀""不要待着不动，陷在沙发上看新闻，陷在酒桌上谈世界大历史和中国复兴，陷在床上翻新浪微博和微信朋友圈"。

别说40岁了，25岁的你，能穿上你18岁时的牛仔裤吗？外卖和碳酸饮料，刷不完的社交媒体、游戏、美剧，等等。让体重反反复复，多云转晴，晴转暴雨。胖一阵觉得不对劲赶紧节食，一来二去的皮肤就开始松弛。电脑的辐射和任务的最后期限让我们的头发犹如秋风扫落叶，春风吹不生。说秃就秃了，不是开玩笑的。

年轻的能力，在很大程度上是被我们自己放弃的。

"不再年轻"是许多人都抗拒的事情。出现白发要去染黑，有了皱纹去做个拉皮手术，"70后"的人生仿佛已经就此定型，"80后"被催着结婚催着生孩子……记得当年有一位40多岁的英语老师经常声称自己"永远18岁"，耍着少女的小脾气。去年回去看望她，刚进办公室，她让我们出去，说要等她化个妆，聊天时一直念叨着"怎么就挑我最憔悴的一天来看我呢"！

中年人的焦虑在于不再年轻，而年轻人却经常为自己的年轻而焦虑，殊不知自己也在走向衰老。

有些人急于抛下青春，交朋友的模式从一起读书学习出去穷游，急速转向深夜馆子的称兄道弟啤酒白酒。太多人在脑子还好使、应当学习的年纪用了太多时间对未来焦虑，要让自己看起来成熟一些，要让自己的工作经验丰富一些，要装作自己无所不知或者干脆摆出一副"无知者无畏"的姿态。

当年教室里那个随手拿把扫帚就能当吉他弹的人可爱吧，啥也不懂就敢发表见解，为什么你不再这么做了呢？你怕被嘲笑、你怕被看低年龄、你怕被人觉得你这年轻人冒着一股傻气。可是在我们学着融入社会、学着接受现实、学着成长的时候，我们究竟学到的是什么呢？

我们学到了太多所谓的"油腻"，因为大部分人是油腻的，而少数那些有梦想、有学识、有才华、有修养的人，那些清清爽爽的人，距离我们相对遥远。

问题不在于中年还是少年，油腻就是油腻，脏兮兮待着不动，追求物质鄙视文艺还不学习，18岁的人也照旧会泛着一股油腻劲儿。而另一种与油腻相反的糟糕境况是干枯，这甚至比前者还要普遍。我们活着，每天上班下班回家做饭刷手机然后睡觉，教育晚辈追忆从前，不再深度思考，只拿自己的经验说事儿。

不同于油光满面招人厌烦的猥琐大叔，干枯的人往往并不惹人反感，只是会失去存在感。他们不够有趣，也知道自己不够有趣，于是越来越沉默寡言，厌倦社交。他们困惑太多，却不再吸收新的知识，于是迷茫成了生活的常态。

我们怕油腻，更怕干枯。可是我们的躯体和年龄总会老的，即使"90后"也慢慢变成了"20世纪90年代出生的人"。

要怎么才能持续拥有这几项能力呢？人生有时候会被固定的生活与工作套牢，让你以为自己只能如此了，但假如你仔细观察，就会发现人生其实是无年龄感的。不管少年、青年、中年，趁着体能智力的退化还没太局限你，其实所谓的"年轻人特有的能力"，你都还可以拥有。就算是老年人也没什么不可以做的事，没有什么必须做的事，塔莎奶奶①九十多岁的年龄，依然可以每天穿着优雅地出门，照顾好自己的小花园与城堡，还有那几条永远闲不住的柯基犬；法国新浪潮的祖母瓦尔达②也依然可以坐着摩托车在街头穿梭，为这个世界带去鲜活的想象力与创造力无穷的艺术，还时不时蹦出一些闪动着灵光的妙言警句。

提几条不成熟的小建议就是：

第一，别不懂装懂，也别把无知当光荣。别因为自己学理工科就不读书；别因为自己学文科就对物理、化学、生物小知识漠不关心；别觉得艺术就是些看不懂的东西，于是干脆完全隔绝。懂得多了看得多了，才有自信，才能high还high得不惹人生厌。

无知却毫不在意，某种程度上是无可救药的。有知识却没文化，也是人生的一大可悲之处。

第二，多出去走走。能跳舞的时候就不要走路，能前行的时候就别瘫在原地，又增加运动量不怕吃胖，又能增加体能素质，经得起旅途折腾，熬得了夜，能够战胜偶尔一次的高强度

---

① 塔莎奶奶：Tasha Tudor（1915—2008），世界知名画家，创作了80册以上的绘画作品，获奖无数，深深地影响了无数孩子们的梦想生活。

② 祖母瓦尔达：阿涅斯·瓦尔达（1928—2019），法国导演、编剧、演员。1962年，瓦尔达导演自己的第一部剧情长片《五至七时的奇奥》受到评论界的一致好评。第65届圣塞巴斯蒂安国际电影节终身成就奖。

工作或出行。

要注意的是，下载了Keep[①]不代表你运动了，收藏点赞了健身教学视频不代表你运动了，把手机绑在爸妈带出门去遛的狗子身上，同样不代表你运动了。

第三，培养些兴趣，不为功利。充满目的性的人生不是让你油腻地沉迷于利益，就是让你疲倦消极对人生感到乏味。有兴趣爱好，才能让世界对你增添一份开放性，让更多内容进入你的头脑，所以，要保持好奇心，保持去尝试的勇气。

不过，别对毒品产生尝试的兴趣，这个没时间让你后悔。

人生大概一辈子也就那么些时间，别油腻，也别干枯，清清爽爽带着一个不老的灵魂，做个以梦为马的少年，当个渊博温和的中年人，成为一个睿智有趣的老人，多好啊，是吧？

第四，不要凌晨四点打电话问老妈番茄炒蛋怎么做。网上流传过的一个"感人"视频真是能把老曹气死，一个留学生在国外想吃番茄炒蛋了，决定自己亲手做，但是又不太会，最后打电话吵醒了那头正在熟睡的爸妈，让他们指导自己怎么做……

你咋不上天呢？饿死算了。不做个孝子也就罢了，只喜欢瞎显摆。不靠自己能力显摆，有什么好感人和鼓吹亲情的？年轻人，做事情之前先好好想想吧，做人最基本的原则就是不给别人造成任何麻烦，何况还是至亲。

不能因为亲人可以无条件透支且无须偿还就无限消费。想

---

① Keep：运动类的手机APP。

起来时差这件事很难？再怎么样，发现父母刚醒来也总该道个歉把电话放下吧！

还有一点，面对父母的秒回，请一样秒回一下，哪怕是一句"辛苦了"。

番茄炒蛋怎么炒？主要有四种炒法：

1. 先炒蛋，再放番茄一起炒；

2. 先炒番茄，再放鸡蛋炒；

3. 鸡蛋和番茄搅拌均匀一起炒；

4. 鸡蛋和番茄分别炒好，最后混合加热。

各有不同，看个人喜好。

不过，嚷嚷着国内不能用 Google 的你，在国外怎么不谷歌一下？

据说每个宿舍，都住着一个怨妇

期末前夕，一个学生来办公室找到我，和我聊了很多在宿舍里遇到的事情，聊着聊着甚至提出下个学期"换宿舍"的要求。控诉的内容无外乎是每个人在大学时代里都会遇到的难题——舍友关系。一开始，老曹还以为是因为宿舍里矛盾太多无法调节，比如打过一架啊；一个神经衰弱，另一个却磨牙、说梦话、打呼噜大礼包每晚送上啊之类的。但那个学生给出的答案是这样的：

"老师，我真的忍不了了！我要换宿舍！"

"为什么啊？"

"舍友的牢骚已经多到无以复加的地步了。"

"谁都会有不爽的时候，这很正常嘛，你有没有试过转移话题呢？"

"一点儿用都没有！随便聊天都可以把一个愉悦轻松的话题聊到绝望！你说一杯奶茶的糖放多了有什么值得发牢骚的！舍友就是这样啊，比如这几天的高温天气需要注意防暑防晒，他就说：

'这个鬼天气到底能不能让人活啊！'比如现在是吃荔枝吃凤梨的好季节，他就说：'我上次在附近超市买的水果全都是酸的！而且荔枝都是拿化学药水泡的，吃了对人体健康不好，……（此处省去500字关于人生的各种吐槽……）……'"

"……"

"老师，这回你也明白每一间宿舍都有一本难念的经了吧。"

听完这个学生说的话，老曹也算是有点儿同情这孩子这一年以来遭遇到的一切，更何况他和另一个可怜的孩子在宿舍里面对着的是两个有着"怨妇情绪"的男子汉。可想而知，宿舍灯一亮，一句闲聊就从他们的一举一动中变成了一出日间档的500集苦情戏。

为什么说只是"有点儿"同情？因为他和我抱怨的时候，怨气一点儿也不比自己口中的室友们要小……就像具有浓厚生活气息的闽南语歌曲三大主题之一：

"我的命怎么那么苦！"

其实，对于那些抱怨和喋喋不休，每个人都会在某个特定的时间点在特定的场合因某种特定的因素爆发。诚然，适当的情绪爆发其实是一种再正常不过的表达方式。谁也无法每时每刻都可以保持露8颗牙齿的微笑和海底捞员工那种"永远把开心挂在脸上"的状态。拜托，现在社会压力那么大，上班的时候被KPI绑架，下班的时候又要为CPI操心，所以更多时候还是相互体谅吧，都不容易。

就像有人说很向往厦门与台北这两座城市中随处可见的小清新和文艺气息，可只有真正深入这两座城市的时候，才了解到这两座城市面临着高房价和低薪的双重压力，那种感觉似乎有些苍白无力，也让很多在这里打拼的年轻人有着"什么是绝望，抬起眼茫茫"的想法。但他们也努力地拥抱生活，勇敢微笑，面对生活压力，也有怀着一丝小确幸的生活感。

　　适可而止地表达一下不满情绪，在社交网络上抛一些丧文化的鸡汤也没什么大不了的。有很多人都是在朋友圈感谢生活无比励志，精修过的吃喝玩乐配图与满面笑容的自拍，而一转到微博就是"我不想活了"。我关注的一位作家，微博置顶了一个"负能量收集站"，让大家可以自由宣泄。这条微博下面的评论，大约有11万条。

　　或许，人和人之间的沟通的确有着距离。比如老曹的一个朋友经常喜欢把自己生活中的"悲惨"事迹发朋友圈倾诉，例如下雨天经过楼下发现有人晾晒的被子还没收，刚说了句"是谁这么惨"就想起来那个被子是自己的……又或者，地铁上看一本小说看得入了迷，原本想回学校的，一路反方向坐到了迪士尼。

　　作为熟悉她的朋友，老曹每次心安理得对她一切"人间惨剧"报以一连串的"哈哈哈"，而她也只是假装生气一下，发朋友圈的目的本来就是为了收割众人的嘲笑。但这样的自嘲精神在别人看来就不一定在表达什么。有一天她的一个远房亲戚来家里，问她是不是在学校有什么不开心的事，因为觉得她的朋友圈负能量很重……

当然，她的选择是从此屏蔽这位亲戚。

让人无法忍受的，是将自己生活中遇到的一地鸡毛发酵为向他人控诉不满的包袱，因为空间的狭窄而使得身边人没有了不听的自由。其实无论是在哪一种场合，无论倾诉的对象是谁，没有人愿意听，也没有人愿意应答。因为每个人都不愿意被那些负面情绪左右，也不愿意分分秒秒都听到那些不愉快的东西。如果要沮丧，那就不要让这情绪在体内待得太久。

牢骚太盛防肠断，更何况，牢骚是会传染的。只要一个寝室里有一个人开始喋喋不休地抱怨，就很少有人能够清醒地置身事外。往往容易沾染这种看什么都不顺眼，全天下都对不起自己，本来就不该在这个倒霉时代出生的愤懑。"受害者心理"最可怕的，是它的感染力。谁都愿意把一切问题归结在他人头上，通过咒骂他人来逃避自己也有错的事实。这更像是一种无能为力，因为能解决问题的人，早已用发牢骚的时间解决了问题。

遇到让自己不如意的事情时，不妨少说几句，停下来想一想为何要不停地抱怨这个抱怨那个？俗话说得好，少年不知愁滋味，学生时代面对的那些学业上和生活上的压力远没有进入社会后遇到的一切那么狗血。前几天，一个在事业单位上班的孩子找到我，和我聊了一些他工作时遇到的事儿：

"老师，你知道吗，现在为了'创卫（创建卫生城市）'，每天都好累啊！"

"现在为了做材料、做统计、录数据，每天都要加班。晚上10点才回到家。"

看到他在这里抱怨，老曹试图转移话题，告诉他："呀，除了'创卫'还有文明城，除了文明城还有平安城……你是躲不过的呀，你为何不期待一下这些项目结束之后给自己来一场短途旅行或者看一场演唱会或者livehouse呢？"

这个世界固然有形形色色的人，形形色色的人也会有千万种性格。无论乐观也好，悲观也罢，如果没有强大的内心和气场，就算飞去普陀山求好运也没用。抱怨没有错，发牢骚也没有错，重要的是，在抱怨之后，要努力地将问题解决。

马克思主义原理说得好，"量变是质变的必要准备，质变是量变的必然结果"。在别人面前抱怨并没有错，第一次抱怨，每个人还可以强行安慰一下，可是把这些抱怨循环往复地向他人诉说的时候，身边的人无论是陌生的还是熟悉的，都会想尽浑身解数尽快逃离。越来越多的抱怨和愤懑埋藏在自己的潜意识中只会让自己的眼界渐渐地变小。最后才真的发现，自己的人生才是真的起起落落……

不要扯什么"丧茶"文案以及一些"丧文化毒鸡汤"，自媒体是影响自己情绪的客观原因，他们靠着这样的方式获得了成功，获得了效益和流量。作为消费者的我们，读完那些文案之后都会会心一笑。而那些做不好情绪管理的人，还是一个劲儿地抱怨着生活的日常，然后继续丧下去，丝毫改变不了自己的现状，潜移默化中成了人人唯恐避之不及的"万人嫌"。

最后，老曹突然想到曾经关注过的某个已经停更的自媒体账号发表过的一段文字：

你凡事都尽心尽力，大概常常伤心费力吧。

你总是对别人那么好，别人都不太喜欢你吧。

你一直往梦想前进，梦想越离你越远了吧。

你常思考人生，是不是觉得越过越惨了呢。

你辛苦了。

虽然我没办法帮你什么。

但我知道，你辛苦了。

今天起，让自己开心点吧。

因为

人间不值得。

—— 李诞

我愿意相信，李诞说这段话不是为了鼓励大家从此不作为，或是一心一意觉得是人间对不起自己，而是让你在付出却失望的时候，能够放宽心，少点牢骚与埋怨。

小时候考试要奖励，长大了做事还得先要奖励吗

古人有4个字说得特别对：多事之秋。一到秋天啊，总会忍不住对着碧云天、黄叶地感叹那么一句：怎么什么事儿都有！

之前有个级别还算挺高的比赛，学院里两个学生的文章被录取了，他们的指导老师就找我问：他们去参会的往返机票、住宿费、注册费，学院或者学校是不是应该有资助政策呢？如果没有的话，还请给予解答，毕竟学校是有规定要给予这类比赛中的获奖学生奖励的嘛。

乍一听是不是挺有道理，理直气壮有理有据？

可是……您等等，这不只是去参会，还没获奖吗？这不就像才得了奥斯卡提名，就申请定制小金人一样？

当然，心里想归心里想，表面话还是得好好说：首先恭喜两位学生，按照如上规定，学校会对在科技作品竞赛中获奖的学生、老师和组织给予奖励。

对方不轻不重地丢过来一句：事后奖励有什么用，本末倒置嘛。

拜托，真的要说本末倒置，在参与比赛前先要奖励难道不是更本末倒置吗？也不只是针对这一件事，回想起来，身边确实存在那么一小部分人，做什么事都要先确定自己能捞到好处，还没看到结果就开始谈条件。就像前面提到的那位老师，在这件事前也曾经问过我，做这个项目学生付出了很多精力，能不能让学生保研？

从为学生谋福利的角度，这位老师还是相当尽心尽力的，这一点也要肯定，毕竟他也不是为自己争取权益。可如果是在获奖以后来申请应有的奖励和权益，我自然半点儿意见也没有，问题就在于一个先后顺序。

就仿佛你去面试，和 HR 说："我过来工作可以，但你要给我预支奖金，因为我一定可以做得特别棒。对了，能顺便保证我的家人也有工作吗？"

这不明摆着不现实吗？

参加比赛原本是好事，可以给学生一个拓展眼界激发动力的平台，也能积极参与创新，和同行交流。学校给予奖励也是为了鼓励大家去参与，出发点是好的。可一旦让学生养成了做事情先看有没有眼前利益和目的性极强的习惯，也很容易在无形中扭曲他们的价值观，反而忘记了事情本身的乐趣和收获。

上上上上回说到，做人不能太功利，这话还是得再说一遍。别被"咪蒙"的成功学冲刷脑回路，努力不等同于功利，因为努力的原因可以有很多，比如为了自己的成长和存在意义而努力。

这样的思维习惯也不是一朝一夕形成的。许多孩子从小就开始学会为了奖励而做事，考试要是考到100分就能买喜欢的玩具，所以才有了好好复习的动力；出门上课外兴趣班是为了第二天能去游乐园玩；上课回答问题是为了得到老师给的小奖品……这种奖励机制直接而有效，有些父母就一直采用此类小手段，让孩子按照父母的意愿行事。

那么等进到大学呢？突然身边人都不太关心你期中考试拿了多少分，做了一个优秀的PPT也未必得到夸奖，参加比赛没有父母的许诺和期待，随之而来的就是开始抱怨各种事情的无意义。参加社团不能拿绩点，没意思；参加竞赛又不能保研，没意思。可是你来到人间，难道就是为了做一头为了胡萝卜而不断向前走的驴吗？

有个朋友和我说起她小时候，父母曾试图用一套零用钱的奖励机制来鼓动她做家务和锻炼身体，比如刷一次碗一块钱；出门跑步半小时两块钱；给妈妈捏肩五分钟两块钱等等。实行了一段时间，她开始张口闭口提零花钱的结算。然后父母觉得不太对劲，把奖励机制取消了，改成不管她做不做那些事儿，每个月都有固定的零用钱。

她父母说："之所以取消奖励，是因为觉得你做那些事儿应该是发自内心的。你愿意帮爸妈洗碗洗衣服，愿意去超市，该是因为你想到爸妈工作很辛苦，或是作为家庭的一分子想要承担一些责任；愿意给妈妈捏肩，如果不是因为你知道她颈椎不舒服，出于爱而去做，那也没有意义了。"

同理，难道看不到实际的好处，你就不写论文、不做项目、不参加竞赛了吗？如果你做一个项目的出发点就是为了得到钱，至少不亏钱，那么我建议你还是别去了吧。在这些事中得到的锻炼、汲取的经验、对思路的一次梳理、创造力与想象力的发挥，本身就是对生命的最好奖励。物质的奖励，永远比不过精神上得到的奖励。

　　并不否认给予奖励这件事本身的功能，学校有义务为学生的成长和发展提供尽可能的支持。只是说如果给予奖励，是因为认可你的做法，表达自己的欣赏态度，鼓励之后继续保持追求与梦想。但这不该成为你做事情的动机。

　　因为谁也不欠你什么，你是为自己活的。

我很高兴听到你很好

老曹最近看了一部非常性冷淡风格的电影，听名字就忍不住想要哆嗦着给自己裹一条围巾保暖：《寒枝雀静》。另一个译名没那么冷了，但还是流露出了黑色喜剧的意味：《一只坐在树杈上思考存在的鸽子》。颇有一些蔡康永的意味。

大概是因为片头正中央的那只鸽子，看起来确实很像在思考。

思考什么呢？一百个人有一百种心得。反正老曹看完以后，被一句话彻底洗脑了：我很高兴听到你很好。

整部影片里一共有6个人说出了这句话。

一个清洁女工擦地时突然接到了一个电话，不知道对方说了什么，她面无表情语气平淡地回应道："我很高兴听到你很好。"

一个船长好容易从学校毕业，却发现自己突然开始晕船，于是不得不卸任去当一名理发师，然后用一番"我在军队时学过一点理发技术，应该还没忘记，所以我会努力的，不然还能怎么样"的绝望长篇大论吓走了自己唯一的顾客。

（虽然很同情这位可怜的船长，换成老曹听到理发师这么说，也得拔腿就跑啊……）

紧接着电话响了，他转身走进屋内接起了电话，说："我很高兴听到你很好。"

第三、四次分别是一对面临中年危机的夫妇和一个想要自杀的老人，他们在压抑的氛围中依然说着同一句话。最后一个场景则最具讽刺意味，被用来做电击实验的猴子一直在抽搐惨叫，而在这样残酷的、猴子过得一点也不好的场景中，女科学家接起电话听了一阵说："我很高兴听到你很好。"

"我很高兴听到你很好"这句话，原本应该是温暖的，眼角带着笑意，露出一个浅浅的笑容，传达着善意和关切。我们通过这样的一个表情，即使对方不说出口，也能感受到他的的确确是在为自己感到高兴的。可是影片里的这六个人，没有一个人活得幸福快乐。他们脸上写满了消沉和沮丧，而在说"我很高兴听到你很好"的时候，实际上也并没有露出丝毫笑容。

这似乎本该是人类的一种本能：看到别人哭泣也会静默下来感到悲伤，看到别人大笑也会跟着像傻子一样笑个不停。

我有两个朋友就是这样……其中一个偶然说了一句很好笑的话，另一个就笑得像驴一样，讲笑话的那个也跟着笑，然后他们两个就像是被戳中了笑穴一样笑到胃疼，相互抱怨着"哈哈哈哈你能不能别笑了！""你先停哈哈哈哈哈好不好？""你不停我怎么停？""我也停不下来啊哈哈哈哈哈！"

自己也活得顺风顺水，相对就更容易有足够的能力去同情别人或是和别人一起快乐，然而要是你自己最近过得并不好呢？

你一定也遇到过类似的场景吧：读书时的一场考试，朋友考得很好，你却考砸了，然后大家聚在一起聊天时说起这件事，你当然应该夸奖说"哇！你太厉害了"，应该在别人提起这件事时一脸与有荣焉，比这个好成绩是自己考出来的还要开心。因为他是你的好朋友，就像他未来的儿子会与你关系亲近一样，你理所当然也该对他取得的成绩"视如己出"。

可你的称赞发自肺腑吗？你的微笑真的完全诚挚吗？

也许你说着"太棒了，真替你开心"，心里却完全笑不出来，并且想到自己的糟糕分数在这样强烈的对比下显得更加糟糕。如果你能假装开心，说明你起码的自我要求还是有的，基本的涵养也不缺，稍微损一些的人，当别人兴奋地讲述自己的好消息时还要泼点儿冷水打击对方。

对于朋友以及自己身边的人都难以付出善意，对与自己无关的就更是如此。你从小到大也一定听到过有人酸溜溜地在背后说某个刚取得什么成就的人："他就是运气好，哪有什么水平啊！""给他发奖的人是瞎眼了吗？""他也就只能在这种事情上捞点好处了"……

有句话说：嘴巴那么毒，内心一定有很多苦吧。

你过得不如意，就一定要嘴毒吗？

就像电影里那位拿着枪不是要去杀别人就是要杀自己的黑衣老人，这时一个电话来了，他该说什么呢，说说自己困难的处境？谈谈自己的身后事？电话那头的人，一定是开心地说了些什么好消息，所以他对自己的处境只字不提，他说："我很高兴听到你很好。"

这不是虚伪。如果他现在对那人破口大骂说"我都要死了，谁关心你过得好不好"，说"我希望你的人生能跟我一样烂"，他是在说真心话吗？他是，但你要夸他心口如一毫不做作吗？不，那是把没素质、没情商当成性子直。

时时刻刻能够为别人的幸福而快乐确实不容易，尤其当两个人之间存在利益冲突的时候，能做到替对方真心实意高兴，那基本就达到圣人的境界了吧。而我们达不到圣人"本来无一物，何处染尘埃"的境界，就只能用"时时勤拂拭，莫使染尘埃"的一遍遍自省以及自我约束来接近更高境界。

老曹的一个学生去年失恋了，忧郁了半个月后趁着长假报名了一个什么活动，悄悄跑去寺里住了一周，又悄悄回来了。我听她说了这件事以后问她有些什么收获，她讲了这么一个小故事：

"刚去的时候有志愿者负责接待，然后带我去住宿的地方，路上就聊起了一些个人的经历。说实话，很惭愧，人失恋后特别容易陷入一种竭力试图想要证明自己的状态。我自己都听出来自己讲起过去的经历，有一种夸耀的意味，希望得到别人的认可，这样才能够说服自己是值得被关爱的，分手不是因为我差劲。"她说，"但那个阿姨并没有露出反感的神情，只是微笑着听我把话说完，然后说'随喜'。

"随喜是什么意思呢？就是跟着你一起开心，你碰上了值得高兴的事儿，她也就心里感到喜悦。这样的话每天都在听，反复听，有些人真心实意，有些人还只是在鹦鹉学舌，但不管怎么说，在寺里的那些天都过得特别心平气和，每个人都想要做一个好人，谁也没什么好发火的。"

我忍不住问："那你现在还是这样吗？"心里盘算着既然修身养性效果这么好，是不是也该去寺里住个几天。毕竟暴躁老曹随时在线是我的常态……

"没，刚一回来，乘上地铁时还有个空座位，身后一个大妈硬是把我撞到一边儿，自己舒舒服服坐了下来刷手机。我本来就挺累的，又穿着高跟鞋，她那么一推，我的脑袋直接撞在一旁的柱子上了。那时我就想，去他妈的随喜，看她坐得这么高兴，我就是不开心！"

很难吧，可是很难就直接放弃不去尝试了吗？大家会喜欢《破产姐妹》里常年泼冷水、灌输毒鸡汤的 Max，是因为她只不过在用冷酷的表象遮掩自己、保护自己，其实她心善护短并且长得好看。大家会喜欢《生活大爆炸》里的专业搅场王谢耳朵，是因为他是个天才而且长得也好看（我个人觉得）……可是你要是没有足够的优点让人愿意包容你相比之下的"小缺陷"，还是有点自知之明为好吧，哪有人真的不希望得到认可，专爱听你掩不住嫉妒和沮丧的废话呢？

人或许内心与生俱来地存在恶意，但又有一个优点就在于可以不断自我完善，不断与自己的欲望抗争。逮到机会多替别人开心，多聆听别人讲讲自己的高兴事，也许你最近正处于逆境，也许你未必真心夸赞，未必笑容灿烂，但是你在努力了，在竭尽全力去做一个好人，你没有让心里冒出的毒刺完全控制你去扎伤别人。

也许你心里没有天生足以温暖所有人的太阳，但请永远别放弃往黑夜中的火堆里增添木柴。

我希望你今晚可以睡个好觉，我希望你明早起来可以吃到一顿称心如意的早餐，我希望你每一天都可以把自己要做的事情做完、有所成长，也希望你总是能够遇到一些人一些事让你看到这个世界充满善意的一面。

对你们，老曹要衷心地说一句："我很高兴听到你很好。"

其实，我想和你约一餐饭

"哎！放学后的奶茶局可别忘了啊！"

这是老曹在学生时代最常听到的一句话。那个时候，每周三和周五都会和几个好友到学校附近的奶茶店，点上一杯自己喜欢的奶茶，然后几个人围坐在桌子旁玩桌游，吐槽老师布置的作业和学校的各种八卦。可是随着毕业，升学，到了不同的城市，有了不同的规划，曾经说好要经常约饭约奶茶的朋友们也似乎散了，留下的社交活动仅仅剩下了朋友圈的点赞和评论。这样的情况也存在于身边很多人的生活状态中。

随着成长，曾经无话不说的人也渐渐地少了现实中的联系。有的时候我们更倾向于朋友圈中分享彼此的生活。无论用多么丰富的辞藻和华丽的图片进行生活的表达，其实只是在向别人传达着"我还活着的"的状态，用点赞和尬评维系着人与人的关系。

隔着屏幕，和朋友说了一句又一句"下次有

空了见一面"，可是迟迟未兑现，好像这样的话语成了一张张空头支票。有时候不是敷衍地，而是真心实意地规划了要一起去做些什么，查了攻略和门票，可是提起"什么时候去"这个问题，又总是会说"到时候再看吧"。然后渐渐地，两个人也淡忘了，开始各忙各的。想起这件事的时候，或许已过了很久很久。

几天前，老曹得知自己的大学同学去世了，内心中充满着不少压抑的情绪。真的到了身边逐渐有一些不太好的消息出现的时候，那才是最虚弱的时候。于是，老曹立即和最好的朋友打了一通电话，在电话中，两个人唠嗑了很久，从现在的生活状态扯到过往，迟迟不愿结束对话。

"所以，我们还是明天约个饭吧。"

"好啊。老地方见。"

第二天就和熟悉的老朋友见了面，吃了饭之后，开始在餐桌前追忆那些点点滴滴。到最后才发现其实这顿饭局已经在微信中反反复复提了很多次，也因为很多事情从8月中旬耽搁到了现在。回想起来还是蛮尴尬的，好在朋友也"佛系"，笑着问了一句：

"那我们下次什么时候约饭啊？"

"下次嘛，都可以啊，我都有空的。"

"嗯嗯，好的。"

可是，谁又知道，这个"下一次"，又会到什么时候。

突然想起来朋友和我抱怨过的一个误会。有一晚她看见高中时喜欢过的男生在朋友圈转发一场话剧的推送，才想起那人现在在剧场工作，于是假装漫不经心地去问他："这场话剧我正好打算去看呢，要不你哪天有时间，我把票买在那天，开场前或者结束后约个饭？"

对方也很上道，马上告诉她自己都有空的。两个人许久没见了，但说话依然熟悉，她有些心动，而对方也是单身，似乎也对她还有那么一点点的好感。话剧结束后，两个人一路走到地铁站就打算说再见了，分别后男生给她发消息："我们什么时候可以再见？"

她满怀兴奋地思索了半天，自以为玄妙地回了一句：有缘再见。

然后聊天到此结束了。

第二天她喋喋不休地追问我，那个男生到底什么意思啊，为什么不回复她了？

我也忍无可忍："有缘再见这种话听起来就很没诚意很敷衍啊，你想让人家怎么回你？"

她愣了："可我的意思是想表达……既然说有缘再见嘛，那如果下次再见面就说明我们很有缘分啊……而且他看了挺多佛教的书，我也想表现得随性一点儿佛系一些……"

人这一生中，注定会遇到形形色色的人，也会和这些形形色色的人产生各种各样的交集。曾经关系密切的好友到了某一时间点却断了联系。多年不见的朋友突然联系，也依然想不起彼此共同的回忆。太多太多的动态，早已成为社交平台的文字活着的每一天，就尽力去活，能够行走是幸运的，所以别轻易停滞脚步。旅途中，一场大雨、一缕阳光都弥足珍贵。倘若有一天要死了，也该是体面的，像尘埃回归大地，从此结束游荡。

亲爱的朋友，工作仅仅是工作

不要让工作扰乱你的生活

不要被工作干掉，要干掉工作

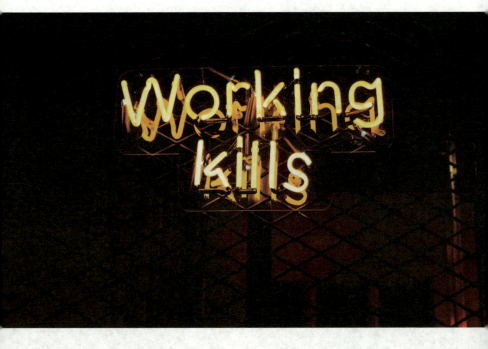

和图片，随着时间流慢慢地消失，只有想起了才会翻起来。那些和朋友共同庆祝的瞬间，却只剩下了表情包和语音条。

其实，这是每一个人的常态。

老曹也曾经和学生聊过这一个话题，这个学生和老曹说了这么一大段话：

"其实我和我学长很少用微信聊天，想起对方的时候，就直接打电话煲电话粥。由于和他不在同一个城市，所以我和他就非常珍惜为数不多的假期时光。无论如何，每年都要抽出一两天的时间，一起吃饭看电影，一起漫无目的地瞎逛，一起坐在江边的长椅上叽叽喳喳地唠很久嗑。他觉得，有的时候，人与人之间保持着一种传统的社交方式，或许更有意义。仔细算算，这样的经历，已经坚持了整整7年。"

这样的约定，其实不难，但能够坚持很长一段时间，确实不容易。如果真的想好好地与朋友相处，需要尽可能地多见见，不要到了真正失去了，却只会在朋友圈里发一段长长的文字怀念从前。很多时候，面对面的交流总会比一个虚拟网络上的寒暄来得更重要。

我们也经常在网络上看到"弹指间，心无间"的语句，虚拟的网络总是会给人一些温暖的距离感。因为忙，我们不太习惯花时间打电话。因为忙，我们不太经常和家人朋友分享太多生活的日常。因为忙，我们不再愿意过多表达自己的内心，而是修饰自己过得有多好。

同样是在朋友圈，一碗牛肉面的图片，或许可以直接表达自己排队20分钟的不容易，也可以表达自己加班的不容易。除了自己，没有人能够真正了解正在发图片的你，是怎样的心情。

人总是孤独的，能够遇到几个结伴的朋友，已经是非常不容易的事情了，那么，就请好好珍惜。如果现在还遇不到，也不必遗憾，毕竟生命中总会有那么几个人，在记忆中留下美好的足迹。

朋友之间，无法时时刻刻拥抱着取暖，总会有着冷淡和纠纷，有的时候也不会日日夜夜地促膝长谈。但只要一个电话响起，他们都会马上响应，为你而来。

有人说，大家都那么忙，哪儿还有那么多心思约饭？这样的理由不过是懒得开口而已。其实，只要一个电话打过去，约一个奶茶局、约一个饭局，是一件非常简单的事情。

读社会学有关书籍的时候，曾看到一些学者提出父母和我们之间需要保持一碗热汤的距离——父母炖了碗鸡汤，端到孩子家的时候刚好能喝。近了太烫，远了太凉。有的时候，和朋友相处可以保持着一次饭局的距离，多了太油腻，少了太清淡，保持合适，恰到好处。

未来，醒一醒

一个故事

老曹的学生今年都要毕业了，伴随着明显的消费降级，二十出头的年轻人一个个都为自己的未来发愁，也都想着尽快实现财务独立。前几天老曹和学生聊天，她说她之前认识一个传闻很厉害的学长。大学期间自己创业盘下了学校的小咖啡馆，其间运营着自己的公众号，似乎早早实现了财务独立。

我说："一边读书一边做这些还是蛮厉害的。"

她看了我一眼说："故事到这里的确是一个当代大学生成功模板。但是我和这个学长接触下来，总是觉得很不舒服。有次他在公众号上给一个社团写了篇软文，但没经过社团成员的同意，里面好多信息错误。他还姿态很高地发到社团群里叫大家转发，结果被围攻了……可笑的是他竟然用

'我可是你们学长！'来反击……

"还有一次我在公交车上遇到他没认出来，当天他在我朋友圈下面留言说'原来今天是你啊，香水浓得快把我熏死了'。我……"

我说："厉害的人高傲一点儿或许也值得理解吧……"

她说："那咖啡店就没什么人去，现在已经转手了，那个公众号我也是听都没听说过。只是大家都说他很厉害，但其实现在看看这些事儿都不是特别困难。也不知道他现在怎么样了。"

一句名言

今天的毒鸡汤主料是一句名言，出自尼采，大家一定听过无数次——是金子总会发光。可能是你演讲比赛没有得到名次时，你的老师对你说的；可能是你的方案被老板一改再改最终不被使用时，伴侣对你说的；也有可能是你拿了个惨淡的分数之后，对自己说的。

老曹相信，在每个人心底最深处，都认为自己是块金子。

这块金子隐藏在每个浑浑噩噩的早晨里，隐藏在千千万万个格子间后面，隐藏在厨房的油烟中。就算它几十年来都像石头一样黯淡，但我们仍然觉得不需要做什么改变，晨雾和油烟就会散去，阳光总会进来把我们照亮。

因为觉得自己是块金子，所以把责任推给环境；也因为觉得自己是块金子，所以高傲而目中无人。然而没有阳光，其实你什么都不是。

我也曾有过幻想，一个平常的周末走在街上被星探发现，激动地跑过来握住我的手说："你这张脸就是我要找的那个万里挑一！"然后爆红，和李易峰合照，几百万粉丝都说我更帅。即使这件事没有发生，我还是会觉得我很帅，只是我没有找到最适合我的发型，或者还没有减到我最完美的体重，或者只是没在街上遇到过有眼光的星探，我总能找到一万个借口说服自己。

但当我自己出了书，自己去推动促成了一场又一场新书分享会，我才知道过去那个等待阳光的男孩儿，简直就和《不得不爱》里唱的"与其渴望关怀，不如一起精彩"一样一样的。

我们总是期待在平庸生活的轨迹里，不经意间与成功悄然相遇，而"是金子总会发光"这句谚语，暗暗地助推着这种"不作为"。

一场等待

昨天看了个推文说单身青年脱单迷思，每天宅在家，几个月不去认识新的朋友，却总是期待高铁的邻座是个大帅哥，然后与自己一见钟情，解决了自己的单身问题。也有一些帖子教大家怎么脱单，转来转去无非"健身化妆多读书，让自己变得更好"，那不会化妆、身材不好、不爱读书的人都单身吗？避重就轻罢了。

就刚刚过去的期末考试来说，拿了个不好的成绩抱怨这个老师给分不好，看不起上课积极发言的人，觉得人家在刷存在感，想给老师发邮件也拉不下脸，只能认命，告诉自己"是金子总会发光的，下学期再努力一点儿"！

事情不该这么不了了之的。老师给分不好，下学期选课就多个心眼，打听好哪些老师给分好；感觉老师误判了，就写邮件问清楚情况；有些课程课堂表现在总分中占比很大，那就上课积极发言。

人比金子珍贵。因为人有主观能动性。金子只能在黑暗里等阳光，而人却能去寻找阳光。

不要活成石头，一场等待一场空。

一份骄傲

老曹越来越发现，厉害的人从来都不是骄傲的人。越是厉害越是懂得尊重他人的价值，也越把自己放得低。你骄傲因为你觉得自己是块金子，只是阳光还没来，但巧了，其实每个人都觉得自己是块还没等到阳光的金子。

先不说你是不是金子，即使你真是，如果阳光照不到你，你就和一块石头无异。那阳光什么时候会来呢？

尼采没有给我们答案，所以你自始至终都在等待着阳光的到来，在黑暗里，你只是一块石头。

要发挥自己的才能，就要把自己放到一个有施展空间的环境中去，但世上不会有为你量身定做的工作。那或许找到一个赏识自己的人更容易些？"千里马常有而伯乐不常有"，不是每个人都能命遇贵人。

机遇很难得。厉害的人就是明白这一点儿，才不会把自己的成功归结为自己的强大而蔑视其他人，相反，越是知道机遇的难得，越是明白自己与别人没有本质的区别，从而更懂得尊重他人的价值。

一点哲学

老曹是个坚定的唯物主义者，但年轻时也会被"是金子总会发光"这种唯心主义乐天派思想套头。与之并列的还有"努力就能成功""自律的人就能成功"这些看似很有道理其实丝毫经不起推敲的话。

唯物主义者讲究方法论，讲究主要矛盾。"努力就能成功"似乎很有道理，但杨超越都出道了，因为她遵循的是娱乐市场的规律。每天跑5公里的自律和成功没有太大关系。

我们大多数时候选择相信这些话，是因为这样最省力。不需要去苦思冥想问题的症结，着手就去做，给自己当前的焦虑一个立即的出口。

我们太害怕焦虑了。想不通的时候去做一些"让自己变好的事"总是没错的，但不能一直逃避主要问题。

很多时候你知道终点的方向却不去做，或许只是你把自己看得太重。按照理性的轨迹去解决问题而不受感性的影响，老曹把这个称为自己的"不要脸哲学"。

勤奋而不要脸，这是我2019年的愿景。有时候活得累是你把自己放得太高了，当你落在地面上，你就没那么累了。

祝愿大家新的一年都能脚踏实地，仰望星空，把不要脸的精神变成自己的金钟罩铁布衫，金子不总是金光闪闪，但你一定会发光。

复印、打印、取快递的实习，究竟有意义吗

对于大三大四的学生来说，实习是大学生涯中不可或缺的一部分。从一方面来说，实习是一个从学校到社会过渡的阶段；从另一方面来说，实习是一个让自己在发展中不断积累和试错的过程。不久前，老曹帮学生填写了不少实习鉴定表格。一边填着，一边问学生实习这几个月以来的心得体会。

"实习嘛，其实倒还好，可我感觉实习就是在打杂啊，复印、打印、取快递、捎咖啡……就感觉都是这样浑浑噩噩地度过了三个月嘞。"

这样的说法，是老曹听得最多的答复。

实习的这3个月，其实不短也不长。一开始，很多人都会感慨，这12周是多么漫长。但在实习过程中，这12周过得飞快。但好像很多人通过实习这几月以来所获得的心得体会，好像就剩下"打杂"的存在。

从学校出来，丰富的学识、不错的能力再加

上学校的光环，一定程度上给予了很多人"站得更高，看得更远"的感觉。打开电视也都是实习生如何一边职场逆袭一边和总裁谈恋爱，大家往往对自己的长相还有点自知之明，对能力却没有了。就好像很多文案实习生自以为可以写出爆款推文，很多法务实习生觉得自己可以在处理案件时所向披靡……这样的例子比比皆是。

很多实习生初来乍到总以为自己可以在这几个月的时间内做出一番成就，脑海里描绘着一幅"要干大事"的美好蓝图，让大家都能见识"我有多么的厉害"。也许事实不是那样，大多数情况下，实习是一个让新人熟悉业务流程、融入团队的过程；在更差劲的公司里，就是一个做点儿不会出错的小事的免费劳动力。在读书的时候，很多人总想象着未来的美好，想象着为梦想不断打拼的那个自己。可是从学生到实习生的身份转换，自己承担的却是一些普普通通的杂活儿。

实习中的打杂，究竟值不值得做呢？

可是每个人的职场生涯，不都是从打杂开始吗？

复印、打印、贴发票、泡茶、倒咖啡，其实是没有什么难度的事情，随便从街上找一个人，都可以非常轻松地完成任务。但是，能够认真做好这些杂活，其实也并非一件容易的事情。有的人能够把一件小事认真地做好，不断总结后便发现，自己所获得的收益其实是无穷大的。有的人在工作中做了很多很多的事情，却好像从来没有得到什么回报。

很多学生在实习的时候经常问我，为什么实习老是在打杂？

可是，同一批进入公司打杂的实习生，为什么那些"并不觉得是打杂"的实习生却在"打杂"中有所收获？

一开始，每个人都是怀着对工作的热忱和新鲜感来到实习岗位。对于领导或主管安排的任务也可以高效率高质量地完成，哪怕是一些普普通通的琐碎活儿。但久而久之，这股热情也就随着时间的推移渐渐转换成了内心的不开心。这些不开心，变成了一种负担，贯穿在工作中的全过程。结果往往是除了让自己不开心之外，也会让一起共事的同事不开心。

拿一个最通俗易懂的例子来说，如果把工作比作一场游戏，那么实习就是刚刚入手时的新手养成阶段。只有在这个过程中不断地进行积累，攒经验值，熟悉了在游戏中所扮演的角色，才会有所收获。就好像玩《王者荣耀》，没有人会希望自己在奋勇杀敌的时候，一旁的猪队友却拼命地"送人头"吧？

当年老曹还是一名实习生的时候，曾经花了一个星期的时间被主管安排清点办公室的所有固定资产。一边盘点一边登记的时候，就发现主管做的固定资产表并没有按照某个逻辑进行科学详细的分类。所以，我就重新做了一张固定资产表，不仅提高了清点效率，更得到了当时主管的青睐。因此，之后的实习工作中，我也承担了不少更为重要的责任。

同样是为领导订一张下午出发的从上海飞北京的机票，有的实习生就随便订了一张，然后发了一封邮件告知。而有的实习生却在订票之前和领导确认是要从浦东出发还是从虹桥出发，是需要下午三点的航班还是五点半的航班，需要搭乘哪家航空公司的航班以及领导的座位需求……这些细节，往往能够体现出一个人对事情的用心和细心，不要担心自己被埋没，假如你真的有实力够细致，早晚会被注意到的。大部分实习老师也并不是魔鬼，他们确确实实地会觉得自己有那么一些义务去给实习生机会，问题在于你要向他证明：你值得这个机会。

其实，每一个实习生都不差。我也相信，每一个实习生的能力其实都是非常棒的。其中，实习最关键的就是如何用心做好这些琐碎的事情。毕竟，步入工作岗位之后，没有人有义务会停下脚步告诉你路要怎么走，每个人都很忙，每个人都有自己的KPI（绩效指标考核），很多时候，机会是需要靠自己的发光发热才能够不断地争取到的。因为天上不会无缘无故地掉馅饼，也不会有一个心有灵犀的人在一瞬间就知道你需要什么。

老曹最近在读刘同最近出的新书《别做那只迷途的候鸟》，其中有一句话也似乎很应景：

> 人总是要从各种事情里找到隐藏其中且对自己有意义的道理吧，不然怎么办呢？不热？哭？打电话给父母？
>
> 都没什么用。
>
> 唯一有用的，就是要让自己从任何事情中找到自己有用的价值。

　　转眼间，又一批老曹带的学生要毕业了，纷纷都在打算各自的前程，考研的专心复习，打算开始工作的则一心要找个靠谱的实习积累些经验。那天正好我比较熟悉的一个公司在招人，待遇不错，关键是能学到挺多东西的，就让想去就业的孩子们把简历发给我，一起投过去。

　　这点儿小事看起来不难吧？百度一搜实习简历的模板比比皆是，怎么填自然也用不着我来教，有什么讲什么呗。所以我也就没多说，怕他们嫌我烦，结果那天微信上收到的……真是让人叹为观止。

　　内容先不说了，我也不明白都要实习了，怎么还把小学初中拿过三好学生的事情往上写。实在没什么好夸耀的经历，也不必追根溯源到那时候吧！特长是爱好唱歌，你应聘个汽车公司，跟爱唱歌有什么关联吗？

　　让人最生气的是文件命名：实习简.pdf。

谁的简历？等着我帮你手填吗？

不知道有多少人要投简历，你就把文件命名成"个人简历"，是期待着HR一个个文件打开去看是谁，再给你加上名字？拜托啦，除非公司特别特别缺人，有点骨气的HR这时候多半已经不想看了……

还有这位写成"实习简.pdf"的小朋友。不仅没有写明是谁，甚至连"简历"两个字都没写全……

别怪老曹太严格，对于一个每天不知道要看多少份优秀大学生个人简历的HR来说，第一印象十分重要。好的实习机会，很可能因为你的一点疏忽就与你失之交臂。而且真要说起来，这些事往往不能用"一时没注意"这样的话来搪塞，本质上就是你的为人方式。

"这孩子挺聪明的，就是有点粗心。"

"学习上没什么大问题，细心一点就能考好了。"

……

诸如此类的话，上学的时候一定没少听过吧，也许是说你，也许是说别人。这样的表述，往往会让人产生一种错觉，粗心大意不是什么要紧的问题，只要下次多注意就可以了。可是如果你真的去想一想，总是被老师说着"只要细心一点就能拿满分"的人，最后有多少次能拿到？"下次注意"看似简单，其实是在要求你改变自己。

粗心一般代表着两件事：

一、不够专注

假如你是冷静而专注地在给公司投简历，抓住一个自己想要的职位，那漏字的情况应该不会有吧……那些会让你自己都觉得莫名其妙的小错误，多半是因为一心二用心浮气躁。即使打字时没上心，发文件的时候不该先检查一遍再发吗？

有一次老曹让一个学生改一份文件，指给她3处要改的地方。她没过5分钟就发回来了，却漏了一处地方忘记改。再让她改，漏掉的倒是补上了，但第一次改完的没有保存在桌面，结果顺手点开来桌面的原文件，补了后面的又没了前面的。

少一点浮躁吧，将文件改完后从头到尾再检查一遍又能花多长时间呢？

如果可以，宁愿多花自己的时间，也不要浪费别人的时间。在与你交集不多的同事和领导眼里，一件小事就足以改变他们对你的整体印象。

二、没有换位思考的习惯

做人其实挺难的，一方面又说不要以己度人，另一边又时时刻刻提醒着自己学会换位思考。当然你也只是个求职者，初出茅庐不通世故，但如果能够站在HR或者收件人的角度去考虑一下，想到他们需要把简历下载留档，那么一定会想到文件名里要注明自己是哪一位，否则HR下载了以后还要重命名，不就是浪费他的时间吗？文件名不能太长，但也要把必要信息备注清楚了，简历里主要的信息内容字体加粗，非必要的信息就写少一点，免得让人家一眼望去密密麻麻的全是没用的。

说得严重一些，这是偷懒，也是自私。

当别人问你要一个联系方式或者平台登录密码的时候，你是会截图发过去，还是直接把数字复制粘贴给他，再标注一下是什么，方便他以后还要用到的时候搜聊天记录？

发邮件的时候，你会再次打开要发送的文件确认无误吗？会注意邮件格式，顺便用文字说明附件内容吗？还是一封空白邮件发过去，连附件都忘了添加，非要别人再来发消息问一遍你怎么回事？

运气是实力的一部分，细心也是。

没有人会嫌弃你考虑得太过周全。

但是一年300天的工作中难免会有疏忽，再细心的人也会有犯错的时候。犯错其实不可怕，可怕的是一错再错，有时候是因为自己没意识到错误的根本所在，无知产生了狂妄。所以即使要担上"过于啰唆"的名号，老曹还是想要再给各位即将或已开始实习的孩子们提几个醒：

1. 无论是说话还是做事，请三思而后行

举个例子，比如上级交给了你一项任务，把一些情况讲过一遍之后再问你清不清楚要求，不要为了急于证明自己就轻率地给出肯定的答复，过一过脑子再说。有什么问题及时问及时解决，或者干脆把要点再和他重复一遍，都是ok的，别紧张。

尤其不要急于打包票。无论别人问什么，都想清楚了以后再回答，这样才会留下靠谱的印象。无论做什么事，拿出你调

试代码的耐心，再检查一遍，确认无误后再交出去。

曾经有个小朋友在外面兼职接了一个项目，给了她5天时间去完成，她当时有些交代比较含糊的地方不好意思问，怕别人嫌自己烦，结果辛辛苦苦做完了交上去，对方马上一句话："哎呀，你后面那部分的思路完全错了。"于是又多花了3天时间大做修改。

既然不清楚，你怎么不问呢？

2. 无论工作还是交际，主动积极一点

也有不少学生和我抱怨过自己的实习工作：

"真的好没意思啊，我整天就在那里刷刷手机，上级都不让我做事的。"

"感觉根本没有去的价值，什么也学不到！"

"我今天唯一的贡献：替老师去楼下买了杯咖啡。"

这件事老曹不得不说了，作为一个新人，一个实习生，除非入职门槛较低的工作，不然要指望上级把很重要很能收获经验的事情交付给你，几乎是不可能的。我也不是没遇到过一开始对你态度冷淡、视若空气的上级，他们习惯了来这里3个月混了证明就走的实习生，只觉得很多事还是自己做比较省心，也没必要和你进行什么社交。

要是觉得自己似乎在办公室没什么事做，或者做的内容太单调，别只顾着私下抱怨，不如主动出击，问问带你的老师有没有什么需要帮忙的。毕竟你也不知道对方是怎么想的，搞不好对方是因为觉得你看起来不是很想做事的样子，

才不找你的。

即使是看门的大叔，或者办公室的保洁阿姨，早上来的时候、晚上走的时候也还是和他们打个招呼吧。遇见同事也别装作没看见，点点头笑一笑，大大方方打个招呼也不难。总之别整天绷着个脸，公司里谁也不欠你的。

3. 及时提问，但别什么都问

第一条说三思而后行，别自己一个人瞎琢磨，提问不是什么坏事。当然，能网上查到明确答案的就别问了，大家的时间都很宝贵，没空当你的搜索引擎，也没这个义务当你的百科全书。如果遇到自己不能解决的问题，千万别"瞎做题"，这不是你一个人的卷子，搞不好会带来很多麻烦。所以不确定的事情，一定记得及时去问负责人。最好带着你自己想的解决方案去问，别一副啥都没想就寻求帮忙的样子。

也许你习惯了碰到不会做的题马上问同学，也许在你之前的人生里，这是一种平等的交换：你帮我，我也帮你。但是已经21世纪了，每个人的时间都似乎有些不够用，你永远不知道上级今天有多少事要处理。

所以，开口之前先自行判断一下，什么该问什么不该问。

当然，老曹知道你们都已经做得很好了。

也许你们比起同龄人更加有责任心，更加聪明能干，更加诚挚，更加善良，这些优点我都看在眼里，否则别人也不会把工作机会推荐给你们。不要怀疑自己的能力以及成长性，但在他们通过长期相处了解你之前，你先要通过第一步的筛选。

职场和学校的不同之处，就在于老师们会原谅你很多次，反正成绩是你自己的。但你在工作时犯的错，却可能给很多人带去麻烦。也许老师们会关心你为什么没有交出来作业，但公司不会关心你为什么没能把工作做好。

拜托了，大家都长个心眼吧，这么多年努力得到的优秀能力与学校背景，在机会到来的时候，不要那样轻易地因为其他什么原因浪费掉。

毕竟你还没有优秀到非你不可。

只有在细节上取胜，才更有可能让你脱颖而出。

都快失业了，你还在考虑职场人情

　　关于2019年是一个寒潮的话题，近期终没有停过议论纷纷。弥漫在朋友圈中心的氛围不是裁员就是失业，又或者是创业公司接连倒闭，发不出年终奖之类……总之，搞得有些人心惶惶。怎么才能让自己不出现在裁员名单里，未来的方向要如何规划，是否还要继续进修？这一连串的问题，恐怕是很多人这两天心中的小九九。

　　无论你是哪个行业的、哪个级别的，今年以来感受最深的一个状态，可能就是：难熬。

　　我带的一批刚毕业的学生，最近在工作上有些迷茫，思来想去又向我这个曾经的老师寻求起建议来。和我的老本行一样，他也是在公关行业混饭吃的，讲究的当然是创意为王。听了他最近在做的项目，我凭着自己过去的经验，感觉发挥空间还很大，就给他提了一些建议，希望他可以去试一试。

结果他很为难：

"其实这些我都想到了而且我都挺想做的，只是这个idea那个A组也有用，我再用是不是有点不好呀？"

"如果做这个选题，就抢了B组的饭碗了。"

不知道什么时候开始，办公室政治成了职场的第一话题。网上稍微搜索一下就有100本职场厚黑学教你怎么在公司学会察言观色，怎么尽快领悟领导的意思（比如一些必须知道的职场黑话），夹起尾巴小心翼翼做人；爆款的职场电视剧里，男女主总是要四处周旋打怪升级；每天也都有公众号教你怎么在微信群里说话，怎么发工作分组的朋友圈，怎么和同事友好相处。这不，就在写这篇文章时，"GQ实验室"还发了一篇刷满了我朋友圈的"老板推送"。

虽然办公室作为社会生活的重要场所，人际关系的和谐的确很重要，老曹也没少说过要学会做人……但是！该出手时就出手，顾虑重重一直讨好他人不叫会做人，而叫软弱无能。

我始终认为职场上最重要的是施展自己的才能来创造价值，这才是实现自我价值的途径，学做人是为了让你更好地不受人际关系拖累，不因为一些莫名其妙的事被人针对。像我徒弟这样，被老板予以重任负责一个项目，却因为害怕让别人不高兴而对自己束手束脚的，的老曹看来实在是舍本逐末，但这种情况并不少见，也可以理解。没有人想要无缘无故得罪他人，所以关键就在于权衡利弊，看看自己放手去做是否值得。如果这样讲太空洞，那给几个具体的小建议吧。

搞清楚最重要的事是什么

我们经常陷入一种思维误区，比如担心一些莫须有的小事会产生多么严重的后果，如果你的公司里总是为莫名其妙的原因而搞得同事间说起话来阴阳怪气，各怀鬼胎。这可能真不是个有前途的公司，为什么？因为一个好的环境会要求所有人都一心一意为了共同利益考虑，不是为蝇头小利争执不休，所谓因小失大、眼界狭窄，莫过于此。

时至现在，依然记得高考前夕，所有同学一起疯狂学习的样子。尽管高一高二时有更多时间玩耍、发展爱好以及白日做梦、与同桌午休打篮球、和室友八卦到深夜……也许有着更多的交集。可是毕业以后反而发现，高三时的那些朋友才是感情最好的一群人。毕竟是在革命的炮火里诞生的友谊：分享学习资料，从来不害怕别人学得比你好；借作业给别人抄，也不会觉得别人"偷窃"了自己的成果。说是没有利益冲突，也不是，毕竟很多评优都有名额限制，高考也是一场排位赛，别人排在你前面，资源和机会就比你多。

在这样激烈的竞争下，却形成了特别和谐的班级氛围，我想一方面是因为在千军万马之中，整个班级也只是再渺小不过的一部分，高考这座独木桥无论怎么狭窄，也总能容得一群人平安过河。每次模拟考出来的时候，学校的重点其实不在于哪个学生比其他学生高几分，而是在于整个学校的成绩，然后是区和区之间的比较，省份与省份之间的排名……越是把眼界拓宽，格局越大，气量自然也就越大。

其次，正因为大家的关注点都不在"维护同学关系的和谐"上，而是在于"我要多学一点，我要做得更好"，这种关注于自身进步的状态，反而让人际关系变得清晰。那是一段目标特别明确的时光，除了自己超越自己，向着理想的大学一步步靠近之外，其他似乎都不需要多费心思。

我很幸运在一个环境相对好的地方学习，但即使在校阶段，也总有一些人盯住别人的碗里看，哪个人得了奖学金，谁找的导师更好，谁比谁这次多考几分……拜托了，在学校都要这个样子，进入职场纷繁复杂的人际关系和考评体系，可不就更要迷得晕头转向了？

为什么要一天到晚比较个不停？为什么要对别人得到的耿耿于怀？因为有些人根本不知道自己想要什么。他忘了作为一个员工，业务能力才是最重要的，于是办公室的种种人际关系，大大影响了他的工作体验。比如早上来公司有没有人跟他道一声早安；比如中午吃饭有没有人叫他一起；比如在茶歇室休息时，会不会有同事跟你分享新买的包包、新做的指甲……因为在办公室没什么朋友会让他们觉得不舒服，所以他们会在办公室人际关系上投入大量的关注，有时候甚至牺牲自己的机会和才能，为了一个好人缘，或者说是为了一份和气。可是，何必呢？到头来你得到的是什么？就好像一只寄居蟹，整天忙忙碌碌地打磨自己的狭小蜗居，却不明白随着自己成长，会找到更大更好的贝壳。

而有些人更是可惜，他们分明清楚地知道自己想要什么，只是对于实现目标的途径困惑不清。为了团队的融洽、为了做一个好的leader，而去回避一些潜在的利益冲突。可是很多时候，团队变得更好往往是要去直面冲突并化解冲突才能实现的，一个好的领导会懂得为了长远的未来，当下可以有一些小的挫折，让所有人去反思。曾经看过的一个影片《鬼书》里面，母亲越是想要回避怪物的存在，越是禁止男孩说出他的恐惧，反而会带去更多的压抑、惊惧，这些都成了怪物的养分，使它的能力步步增强。

越回避，越躲不开，正面迎上去才能够解决问题。

大家身处同一个公司，个人命运与公司命运紧密相连，目标其实本该都是一致的，就是让公司往更好的方向发展。在这个大目标下，每个员工的责任就是要把自己的工作做得更好。在这个前提下，就算工作内容稍微"超纲"，我也觉得无可厚非。毕竟，公司分工再明确，责任重叠和利益相关都是不可避免的。怕就怕一部分人很容易陷入"我执"，把自己的一亩三分地看防得死死的，生怕别人夺了权篡了位，生怕别人的优秀反衬出自己的无能。你也许会发现，一个能力与精神世界都很强大的人，从来不会害怕身边的人优秀，只会欣喜于更顺利的合作。

把工作看成自己私属物的人难免会遇到，但是希望你不会成为他们的一部分，也不要一味为照顾他们脆弱的心灵而退让。

所以，即使这个idea别的组用过了，放我这儿能让我的东西做得更好，那我就要用；就算那个选题别的组也在做，但我们组有更好的内容，那我就要做。趁着还年轻，务必多多保持叛逆精神。毕竟每天上班下班加班已经很累了，好不容易有点儿工作热情也要因为害怕折损办公室人情而浇灭，这个班只会越上越无趣。

搞清楚真正重要的事情是什么，把目标看清楚才方便做取舍。

不要害怕沟通

或许你也像我的那个小徒弟一样，正在绞尽脑汁地希望想出个令人耳目一新的方案，这样就可以不去碰任何人的奶酪，求得一个两全。但我觉得，与其把脑袋塞进沙子里逼自己另辟蹊径，不如去问问这块奶酪的主人，看看是不是能一起把这块奶酪变成一块奶酪蛋糕。小孩子才说谁输谁赢，成年人讲究的是双赢。

做事畏首畏尾，对自己束手束脚，说到底其实是害怕沟通。内心里觉得触碰了别人的利益是不对的，也害怕与别人拉锯……职场上沟通有多重要不需要我赘述，很多事情多沟通一下就解决的。不要花太多精力，自己在内心上演小剧场，费心费时关键还无效。

对于利益无关的对象，不要觉得别人的创意，你用了就"盗取"了别人的知识成果。供职于一个公司，如果好的创意能够被更好地利用，而发挥更大的价值，那不是一件好事儿吗？这种情况下，不要担心别人不高兴而放弃这个方案，当然也切忌不顾他人感受直接使用。就像很多版权问题，作者生气的症结在于"未经本人同意"，而非"用于商业用途"。工作中的创意也好，点子也好，谈不上版权，但也要尊重首先使用它的人。这时候，好好地和对方说明情况，对方总不会着急上火地不准你做吧。沟通的关键在于：放低姿态虚心讨教。举个小例子，你要是在学校发现旁边一个同学记笔记或是做实验的方法特别优秀，你先把对方夸上一夸，再问自己能不能参考一下。别人要是看到了你的，你也大大方方承认是和那人学来的……人家能表现得不高兴吗？一直斜眼剽窃别人的方法然后自己拿来用，还要说是自己想出来的，这才招人讨厌呢。

对于利益相关的对象，沟通就要变成合作。合作是一件麻烦的事，但良好的合作对于公司绝对是宝贵的财富，对于个人来说更是珍贵的经验。没有两个完全相同的团队，这是合作的前提，各有各的长处也各有各的短处，如此就能够取长补短共同进步了。其次是要双方都能在合作中取得利益，你想要获得些什么，你就要给出些什么，别想着什么好处都要自己一个人独占，也别怕对方不高兴而大大方方将利益拱手相让。

重要的是，好好说话，不要逃避沟通，不要怕麻烦。毕竟，合作的能力也是锻炼出来的。

不要害怕良性竞争

当然，有时问题和矛盾并不总能靠合作解决，还是会有竞争，还是会存在利益的分配不均。但老曹觉得，大家都是为了让公司更好，存在一些良性的竞争，反而能激活团队的创造力，偶尔为了以后更好地合作，暂且做个小的让步也是不错的选择。

举个例子，同济大学有两个大校区，一个是位于市区的四平路校区，一个是位于郊区的嘉定校区。嘉定校区的衣食消费全靠一条刚过半百米长的商业街，而这条街上乃至方圆十里也仅有一家书店，偌大校园的 15000 名学生要么靠网购，要么就只能在这一家书店购书。常有刚搬来嘉定的学生跟我提到说，来嘉定以后买教材很不方便，书店教辅资料少、更新慢，二手书价格也不便宜。用过的教材除了垃圾桶好像也没有去处。

但在我印象中，四平路校区则是完全不同的情况。学生不用提前很久去打听用什么教材然后去网上买，老师上课说要什么教材，下课到宿舍楼下的书店就能买到。需要准备什么考试，到书店逛一逛总能找到合适的。常常能淘到九成新的二手书便宜买下，而期末用完的书常常整个宿舍凑成一箱再卖给书店。

原因是什么呢？是因为四平路校区有一个宿舍楼整个地下一层都是书店，不同的书店小铺自动形成一个良性竞争：谁的教辅书更多更全、谁能够及时根据课程的要求进行更新、谁的价格相对便宜……久而久之，既方便了学生，也为自己赢得了持续不断的客源。作为实体书店能在当代社会生存的确不容易，在四平的书店经过，地面上停满了自行车，书店里都是找书的学生，而嘉定仅有的书店现在却也很少看到有顾客了。这大概就是自由市场和企图垄断的不同吧，不存在竞争的地方是没有的，只是小的良性竞争与大的恶性竞争之间的区别。

放在一个公司的环境里，道理也是一样的。如果一个团队开始一项工作的同时就想要垄断这项工作，不容许其他人插手，就相当于切断了外部激励。而良性竞争的好处在于，一个团队给另一个团队创造一点危机感，同时也给他们提供了新思路，似乎是利益冲突，实际上却能促进利益最大化。

说到这里或许有人要说我不食人间烟火，太过理想化，如果遇到胡搅蛮缠的同事呢？如果就是有爱搞事儿的人呢？如果人家怀恨在心私下给你穿小鞋呢？的确，这种"明明什么也不懂却非觉得自己很懂"的人也是有的，他们也许会指手画脚，也许喜欢瞎出主意，也许对你的帮助毫不领情。但我想说的是，大家来上班都不是来交朋友的，在其位，谋其事，想要大展拳脚就不要被所谓的办公室政治束缚手脚，能通过沟通合作维持和谐的关系当然最好，但如果就因为怕得罪人而谨小慎微，不去做自己该做的事，那才憋屈，不是吗？

何况，这些也都是你锻炼的机会。想起曾经围绕转基因引发的争议，一部分科学家采取的态度是"我专业我说了算，不管你觉得有什么问题都不许质疑"，可是换个角度来看，公众既然要承担你的举措和决定所带来的后果，那么你也不妨耐心一些，找一个合适的方法去解释问题。就当作科普吧。能够沟通好的事情，就别一意孤行。

无论你能力多么出色，你所能达到的上限是什么？就是你职位的上限。

少年，醒一醒。相信我，2019绝对不是寒潮一年，而只是一个开始，未来要面对的还很多。所以请你尽可能地让自己武装起来好吗？进入战斗模式，为着共同的利益去奋斗。办公室那点鸡毛蒜皮先摆在一边，首先你得尽可能地让你的公司屹立不倒，而不是停滞不前。在基业稳定的情况下，我们再聊聊人情吧。

什么叫真正的不通人情？在这个寒冬时代，就是大家都饿着肚子忙得死去活来、奋斗努力的时候，你突然偷偷订了一份外卖，在角落吃了起来。你这属于既没情商、又没人情、又得罪人。就算有能力，就算之前和同事打得一片和谐，也迟早要被逐出的。

当然，每个人都不相同。我说得也许不对，你有自己的选择，只是，别让自己后悔。祝福你不被裁员。

当容忍变成了理所当然，再反抗就是我的错吗

朋友告诉我说，她最近工作上度过了并不愉快的一天，回来后想发一个朋友圈吐槽同事的错误，分明是希望有人可以安慰一下或是鼓励一下自己，却总会得到"有必要这样吗？""就这么发出来不好吧？"一类的回复。

"我在按下'发送'之前，已经删去了文字里夹杂的粗口，甚至配上一张无关的图片，小心翼翼地又检查了一遍分组，只为了屏蔽其他同事。那么，这些局外人的回复，是因为把别人的错用经过思考的文字发出来的我有错吗？"

据她口中描述的那个同事：经常不遵守上班时间，却想着把加班的每一分钟换算成加班费；老板请大家星巴克，她主动提出要去买，结果还能赚回一点儿钱；事先商定好用轴线式模板排版的微信内容，在预览里变成了一个个爱心；微信文字内容主谓宾不全，还有错别字；偶尔忙不过来安排她编译，老板总是皱着眉头问我"她该怎

太阳不必从东方落下，树木不必冬天发芽，坚忍的意志去扭转乾坤固然是一桩传奇，但总有那么一些事，顺着命运安排的轨迹，尊重自己的天分，就已很好。

　　我不介意成为一个像烟花那样的人，该炸的时候就炸，该绚丽时就绚丽，不仅是为了营造一场巨大的幻梦让别人感到温暖，也是为了照顾自己的脾气。

么办”。（容我插一句，实在想不通：老板都不知道怎么办还用她干吗……）

于是，在据说是立秋的这天，那位朋友终于忍不下那口气，在朋友圈发了一条对那位让老板也束手无策的同事直白的指责，然后就收到了她自己亲爸的回复：“有这么说别人的吗？”

其实吧，老曹以前也做过这件事儿，比如公开吐槽我的新任女同事……可是结果是她反而比我火了，评论区一片没有良心的“哈哈哈哈哈”……所以，可能吐槽也是要有分寸的，你是带着善意去吐槽还是满腹怨气，别人一目了然。

“我的第一反应是委屈。就算别人不清楚，我爸起码是知道的，可他明明知道之前多少个深夜，那个全职的姑娘去睡了，而作为实习生的我，还和老板一起一遍遍地斟酌微信文字，反复检查预览中的图片有没有变形，常常改到晚上十二点之后。我总是在给她收拾烂摊子，还要替她背锅，作为最亲的人，他这么说我，难道真是我错了吗？”

当然没有错。谁没有怨气一再积压，需要找一个释放口的时候？你敢说自己这辈子从来没有发过脾气？从没有公开指责过什么人？如果都没有，那你实在活得也太尿了。

只是身边的有些人也许不习惯这样直接指责别人的你。可能以前在他们的心目中，你一直是包容别人错误的那一个，一次的不容忍，就会被定性为他们眼中的“错误”。毕竟人性是自私的，人总希望别人能够原谅自己的错误，而不希望自己原谅别人的错误。于是当一开始的容忍，变成了某人的理所当然，所有的指出错误的话语就只能是"错"的。而对于她的父亲来说，也只是出于想要保护女儿的心情，担心她的尖牙利爪会让她在职场被人排挤，担心她人情世故不练达……所以，就原谅父母吧，他们私心一定是站在你这边的，只是担忧得更多。

最好的办法就是报喜不报忧，以后再碰到这样的事情，麻烦发朋友圈的时候屏蔽一下爸妈，他们为你操心得已经够多了。

可是，是不是也许有些人会觉得你是在以强者的自傲藐视弱者？你"能力"比她强，拿着更高的薪水，跟着老板做更高端的项目，老板甚至把他自己的资源介绍给你。也许有人觉得，你已经得到一切了，凭什么去批评一个什么都没有的同事？更何况，你还是一个小小实习生，拽得和什么一样也不好吧。

其实说到这里，老曹倒是想到了《甄嬛传》里面"夏常在"被赐"一丈红"的情节。本作为常在的她就算有皇后加持也应当安分守己，却气焰嚣张地欺侮到华妃头上，只能说少年不知愁滋味，最后先领盒饭的却是自己。好吧，毕竟这年头，在恰当的时候夹着尾巴做人还是很需要的……

又或者，其实别人也看你不爽呢？只是没好意思说出口而已。如果你说别人的时候很坦然，别人说你你倒不自在了，这就不好了。限定在办公室这个小环境来说，恐怕绝大多数的人都不愿意当面指出同事的错误，生怕破坏了同事间的关系。就算工作和生活分得再清楚的人，也很难做到把工作上的"敌人"当作生活中的朋友。我说的是"敌人"，不是"对手"，又或者说，是那些"你看不惯的人"。敌人只能是恶意地互相制约，而对手可以良性竞争。

当你下班回到自己的空间，脑海里始终环绕着某位他／她的错误，扪心自问，他／她真的会成为你的朋友吗？恐怕大多数人都只是竭力维持着表面上的平和罢了。冰冻三尺非一日之寒，不满的种子其实早已埋下，只是缺少一根着火的引线。所以，我们是不是应该试着一开始就把对方的错说出来。（但是能愿意和你说错的人又基本是当作自己人的人了，这样的人早可以肆无忌惮地说了吧！不说的只是懒得理你……）

我们总是习惯于在工作中计算入别人的情感因素，却忽略自己的情感因素。我们想了太多同事之间的关系，却甚少关心自己想要什么样的同事关系。只有当深夜辗转难眠之时，才会幡然醒悟，这些话我们早点儿对同事说该多好。我们从小就被教育要宽容，但是很少有人教过我们什么时候该宽容，什么时候不应该让步。只有到了自己受气的时候，才明白早已到了不能再让步的地步。

也有时，我们本着多一事不如少一事的宗旨，一边嫌弃着同事的工作效率与质量，一边手指飞快地敲击着键盘，完成本应是同事改进的工作。我们一方面吐槽着同事能力不足，却在另一方面用自己的沉默扼杀了培养他／她能力的机会，熬夜之后习惯性地抱怨自己的工作量远远多于他／她。

"有时候我也在想，如果我早一点儿指出我同事的错误，而不是默默地替她修正错误，她不一定能成为强者，但至少能成为一个中庸之人。"

可是，谁赋予你这样的义务呢？你又不是老师，你也不是领导，你只是一个实习生啊……你不用把别人的人生轨迹揽到自己头上，有这份善心就说，不想说也就算了。

兴许老曹是天蝎座的原因吧，反倒是觉得冷漠点儿挺好。毕竟，人不犯我，我不犯人。人要犯我，天诛地灭。（或者，等自己混出门道了再满门抄斩也不迟，手动微笑。）

时间真的过得好快，总感觉刚刚迎接完新生入学没多久，当忙完学生的国家奖学金奖励奖的时候才猛然发现已经到了学期的一半。好不容易有一段可以松口气歇息的时间，没想到又碰上了这么一桩事情：

学院举办歌咏比赛，要求每个班都得选几个人参加合唱。因为主动报名的人不太多，后来就说干脆抽签算了，抽到哪个是哪个。有个小朋友就不幸被选上了，选上之后，他先是摆出各种臭脸各种不爽，然后把这些情绪、这些愤懑一包袱地甩到老曹的一位同事身上。同事和几个负责活动的老师好声好气地开导这位小朋友，可奈何他又偏偏固执己见，听不进去，并产生了这样的对话：

"老师，这个学校是有哪条规定，或者是哪条学生守则规定，要求学生一定要参加这个合唱比赛的？"

"同学，那这样，你可以选择不去，不如你推荐一个合适的人选吧。"

"反正我不管！如果你们让我做自己不想做的事情，我就会有过激行为，我会马上叫我爸联系校长!!"

……

最后这件事情也以顺从那位小朋友的心意收尾，实在是惹不起惹不起。老曹听同事这么一说，就感觉现在怎么某些学生的素质变成这样——在面对一些强制性任务的时候，自己想要的就是大佬、爸爸，自己不想要的就什么都不是。

可是，有的任务下来，本身就是带着某种属性要求你完成的。不是说一哭二闹三上吊就会有办法，也不是说"会哭的孩子有糖吃"就可以躲过一个又一个的任务，躲得过初一躲不过十五，杠得过学院的老师们，以后也要一直杠下去吗？

说真的，对于大多数强制参与的活动，并没有人愿意带着百分百的好心态去面对。不仅浪费时间、浪费精力，还要做各种吃力不讨好的事情。如果不幸成为活动的组织者或管理者，甚至还会落到一个里外不是人的下场。就算是老师也不情愿参加这种活动啊，面对一些天降的大锅，我也想好好地休息，我也想多吃几家念想着的餐厅，再多买几件自己喜欢的衣服。反正这事情和我无关，我何必还要费那么多的心思为它操心？

你可以选择逃避；你也可以选择好好地接受；你可以大吵大闹哭个梨花带雨；你也可以学高铁占座大叔一样蛮横不讲理；反正只要会哭，最后都可以得到糖吃。但是，你觉得其他人会怎么想？凭什么就你可以一哭二闹三上吊？凭什么就你需要自己的时间做自己喜欢的事情？这些强制安排的活动，其实很多人也会有小情绪，但还是得强颜欢笑地完成这个任务。熬过任务之后，回头再看看，这都没什么大不了的，人生谁没浪费过一点时间？

举例说明，学院组织的实习工作安排刚好与正在考研考公务员的学生时间上发生了冲突，学生提出来抗议了，老师们就在开会之后允许学生灵活安排实习时间。假如你大四要考研，那你就大三下学期去实习呀，暑假去实习呀，实在不行找个清闲点儿的工作，一边复习一边实习，这难道不都是解决办法吗？就因为"我考研我最大"就和老师谈起"不实习"的条件？难道就因为"考研考公务员可以不实习"的理由，就可以稳拿实习学分吗？那你让那些不考研的人怎么想？

老曹有个学生，在实习的时候找到了一个在某个政府部门的实习机会，恰好这份实习的工作量也不算多，也充分满足了学生年底要考公务员的需求。可是实习没多久，他就跑来和我哭诉了：

"老师，我真的很郁闷。为什么实习老师要我去楼下复印文件？为什么老是要我接客户的电话，里面说的那些方言我又听不懂！为什么老是要我爬上爬下送文件送档案？我都和他们说了我要考研，为什么他们还要布置这些工作给我啊？"

"同学，来，我跟你说，社会上那么多的上班族，上有老下有小，他们身上背负着房贷的压力。人家也时不时地加班做材料到晚上10点，你都正常上下班，有工资有餐补，你还图啥？难道就你们考公务员考研最了不起？"

"可是这个实习工资都给好少啊，要不是名声好听，我才不想做咧！"

"天啊！同学！你醒醒吧！你实习有工资有餐补就知足吧！有的同学实习工资连房租都付不起！有的同学实习之后还要倒贴钱！醒醒吧！认真工作！认真备考！少来胡说八道！"

这个故事的结局也很简单，这个同学既没有考上公务员，论文也不幸地被拿去二辩，最后成为茫茫求职大军中的一员，找工作时凭借的还是那份曾被自己每日抱怨的实习工作证明。

"你为你而活"，可别觉得很了不起，觉得可以凭借自己所谓的那点儿力量就能达到"我的地盘我做主""I am the king of the world"的目标。好的，就算你是主人，那难道就因为你是主人就可以对别人随心所欲吗？对客人也要有礼貌的好不好，你妥善对待人家了吗？

并不是所有的事情都是我们想要的那样来得顺遂，很多事情都要求我们承担相应的责任。天真任性并没有错，错就错在，在很多事情面前，"任性"并不是面对所有事情应该采取的态度。同一个任务下来，如果每个人都任性地逃避，那这任务怎么可能会完成？谁傻谁去做吗？

昨晚刚好看了一部喜剧片《一个勺子》，勺子就是方言里"傻子"的意思，其中一对夫妻正在想办法捞自己的儿子提前出狱，结果被地头蛇骗走了一大笔钱，丈夫去讨债的路上又遇到一个傻子，只是给了他一个馒头，傻子就跟着一路回家，又在他家吃喝住。夫妻二人想尽办法要赶傻子走，但是两个人都心软，又不能狠打，抛弃在外面又要担心，最后妻子更是因为一声"妈"而动摇了，允许傻子住进儿子的房间里。

童话里面的人物会因为贪婪恶毒和嫉妒走向终结，而片中的男主角却因为人性本善走向痛苦边缘。男主角的老婆哭着说"好人做不得，人善被人欺，马善被人骑"时，我笑不出来了。因为这个世界确实如此，从前这个道理是潜伏在普世价值观之下的，人们依然相信善有善报，恶有恶报，但这个世界上越来越多的人努力变得聪明，于是"傻子"也就越来越少了。

开头的故事里，最后是以男生的一个室友代替他去参加比赛了。难道他室友就无事可做吗？难道他室友就喜欢这种活动吗？不是的，只是因为傻而已。这些傻孩子们，永远是替同学拿快递的那个，是最先被推出去参加大家不喜欢的活动的那个，是上课帮忙记笔记的那个……可即使如此，我还是愿意做一个傻子，愿意热心肠，愿意承担责任，因为我知道，只有傻子多了，世界才能变得美好。

我们在这个世界上，人与人之间的联系构成了社会，任何社会的存在和运行都需要建立正常的社会秩序。没有社会秩序的社会不能称其为社会。没有必要的社会秩序，社会将会失去合理的结构，社会秩序将会紊乱，社会生活将不能持续进行。就像舍友A在宿舍里吃着水煮肉片的外卖，凭什么就不允许舍友B在宿舍里吃盐酥鸡和甘梅地瓜？吃完之后，把剩下的垃圾收拾干净，保持空气流通，这件事情就可以很好解决。

中学课本里那句"权利和义务具有一致性"已经重复了很

多遍。有的事情，或许哭哭闹闹能捞到好处。但它适用于所有事情吗？每个人都还有很多其他的事情要做，忙的又不是你一个人。少一点儿任性，多一点儿包容和承担。就像老曹之前说的那样：

"别轻易说失望，在合适的时候发光发热，学会换位思考彼此体谅，这才是大学里该学到的成熟。"

眼看着离假期不远了，对于正在实习的小朋友们来说，这也许是个好时机：终于可以喘口气，反刍一下实习中遇到的困扰，再以更好的状态与更坚定的立场去迎接新的开始。

（是真的，工作很重要，休息也很重要）

比如最近吧，老曹的两个学生就在思考一个事儿。他们的上级都曾经给他们布置过难度较高的任务。关键是，着手做了一段时间后，会发现这份任务对于自己而言好像并不合适。也许是与专业所学不对接，比如让一个学汽车的去设计 logo。也许是远超于自己的能力范围，比如让一个英语六级还没过的去翻译几十页的、包含大量专业词汇的英文资料……

这个问题对于初入职场的菜鸟来说，或多或少都有那么些体会。问题来了，是该直接选择放弃，告诉上司自己做不了呢？还是努力一下，看看能不能把这事儿做好？

同学A选择了咬牙做下去，他说，上司给自己布置这项任务，是出于信任啊！这个时候说自己不行，是很不合适的，况且这样的次数多了，绝对会失去上司的信任。

　　"我也认为应该坚持下去"，同学B表示非常支持A的积极态度。毕竟对于职场新人来说，有太多事不了解，所以也不可能所有工作内容都在自己擅长的领域里。具有挑战性的任务，恰恰能够让自己走出舒适区，从而快速成长，能够独当一面。

　　忍不住想起来蔡澜老先生的一句回答。他最近依照惯例开放一个月的微博评论，让大家提问。一位网友问他：先生您好！请问如何走出舒适圈？

　　蔡先生答曰：为何？

　　老曹非常能够理解这两位学生的想法，甚至还带了点欣赏，初生牛犊做事果敢有冲劲，遇到不会的问题也肯钻研，多优秀的上进心。你说是吧！这种精神和态度在人的一生中往往会起到意想不到的作用，也成了人不断挑战自我、克服困难的基本动力。

　　但是老曹也想说，少年醒一醒，这件事没这么简单。最近网络流行一句话，"我可以"。但究竟可不可以还真是不好说。

　　职场总归和学生时代有些不同。在学生时代，我们可以不计成本花出所有时间、精力去做一件事，只为享受成就的快感，确定自己的能力。反正有那么多的时间在等待着我们去安排，偶尔通宵个几天似乎也没什么大不了，失败也没什么大不了。

　　但在职场就不一样了。第一，职场里的失败基本不会是你一个人的事，做不好很可能牵连着接下来的环节，所以不要让别人为你的"想试试"和"说不定能行"承担后果。这话不好听，却很现实。第二，在职场里，企业的首要目的不是培养全方位人才，而是获得利润，那就一定要降低必要的劳动时间，提高劳动效率……（详情参见《马克思主义基本原理》中的剩余价值理论）那么在一个项目组中，怎样提高效率呢？Leader一定会让自己手下的人各司其职，每个人去做自己能够做到最好的事情。

对于自己手下的新人，上级多半还不太了解，自然会通过员工对一个任务的完成度来进行考量。如果给你布置的任务在你看来具有较高的挑战性，是一个陌生的领域，但是你愿意去尝试，OK，你去做。但要是做了以后，发觉这任务不是你的专业领域，更不是你的天赋所在。老曹觉得，还是直截了当对老板说这任务你不合适为好。因为即使你为此不食不眠，所做出的成果也未必能够达到老板对于这件事情的期待，那不如趁早放弃，还能少一些沉没成本并且为任务争取更多时间。

究竟什么时候要"跳出舒适圈，给自己一些挑战"，又什么时候怀着自知之明及时放弃？其中的界限很微妙，关键就在于能够清楚地认知到自己的能力所在。这个能力，一是根据你的专业性来判断，是的，别总看不起自己的专业性。尽管网上整天能看到哪个人毕业于××专业，最后却挑战自我，在另一个领域做出了一番成就；尽管我们整天自嘲着大学4年学了就忘，脑袋空空，但专业就是专业。

有一部分工作是门槛相对较低，这种时候若是对自己原先的专业不够热爱、不够满意，想要尝试一下别的人生当然没问题，通过自己的摸索和认真态度也能成就一番事业。但你总不能指望一个面包师突然改行去研究卫星吧？

在非专业的领域，首先要面对的问题就是话语权。

不专业=没发言权=不被尊重。

说件好玩的事儿，有一个理工科的学生毕业后直接到过Logo设计的任务，他自学了PS，又煎熬了两三天，终于在自己的审美上败下阵来，找了一个设计专业的朋友，以友情价位帮自己做。交上去了，上级凭借自己的审美觉得这个Logo不太行，让他重做一个，他不得已说自己真的做不来，这个其实是专业的朋友帮忙设计的……上级听了解释，又看了看，说：设计得好像是不错啊。

所谓舒适圈，是说当你重复做久了类似的事，对自己所做的一切都已得心应手，没有挑战性，长此以往也无法得到更多的进步，这时你应该勇敢而果断地去找寻一些更具挑战的任务。但是，跳出舒适圈也起码得是在自己擅长或者有兴趣、天赋的领域吧！我是个厨子，我做饭做得好了，那我要跳出舒适圈，明天去炒股，What？你还是考虑把厨艺精益求精吧……

对于自己完全没有接触或者根本不擅长的领域来说，哪有舒适圈可言，分明处处是深水区好吗？你费了半天劲呛个半死，也游不过人家会点游泳的呀！直接拿自己的胳膊去跟人的大腿杠吗？直接去抢着给别人当绿叶吗？那别人在你的衬托下升职加薪了，是不是还得给你放挂鞭炮？

在职场，我们不妨学聪明一点，对于一项任务，考虑自己是否要接之前，先去想老板对于任务的期待在哪里，清楚地分析了他人的需要之后，再去考虑自己的能力范围。觉得可以达到最基础的标准，问题在于可不可以更进一步，那你就接，并且为之付出最大的努力去争取做到完美。但一件事情做起来永远会比想象当中复杂，当你再怎么尝试还是觉得非常困难的时候，最好别勉强自己了。你茶不思饭不想为了一个project绞尽脑汁，明明不是自己能力所在却一再勉强，最后结果可能也只是感动自己，然后埋怨自己的老板事情怎么这么多……

想清楚别人的需要，衡量好自己的长处，是你擅长的领域，把握时机当仁不让；不是你擅长的领域，把最合适的任务推荐给最合适的人，也是明智之举。说不定老板也正暗自松了一口气呢，你说你非要尝试吧，他多半也不好意思打击年轻人的自信心，于是给了你机会，结果你感天动地感动自己地忙活一通，交出来的东西完全用不上……所以假如你发现自己不行，那就撤，赶紧撤，正所谓"识时务者为俊杰"，老板很欣赏这样的态度。

也许应试教育体制下培育出的我们，很容易迷茫，对自己是否适合这个专业、这份工作抱有不确定性，也时常不知道自己的长处到底在哪里……也许很多人考上自己现在的这个专业之前，并不了解行业的方向；也许有的人并不是自己选择了现在的专业；也许有些人只是习惯性地做好每一件事，却还没找到能让自己真正激起热情的事。顺便说一句，最好不要完全根据什么行业吃香来确定自己的方向，要知道，各行各业在尖端人才上面都是稀缺的。

就好比你热爱历史，结果家人非要你去学会计，说会计专业容易找工作……可是万一，你天生就是个历史学人才呢？你是想当个普通公司混口饭吃的小会计师，还是当个学界颇为有名望的历史学家？如果你的家庭经济状况还不要求着你赶紧赚钱找工作，不妨把目光放得长远一些。

正因如此，我们才需要在最后的学生时代去体验、去造啊，趁着还年轻，多试试自己没做过、没把握的事情，失败了又怎么样？别怕丢人，反正我试过了！这才是青春该有的样子。但与此同时，也要懂得及时止损，不要在自己不适合的事情上面消耗太多的时间与精力。这种不合适很难评判，所以首先要做的是了解自己，明白个人的长处和短处，但也不要随便给自己下定义，用一些莫须有的定论来限制自己。

不要轻易说"我做不到"，但也不要撞了南墙还非说"我可以"。

直到有一天，你发现自己在某件事情上轻而易举就超过了很多的人，这也许就是你擅长的领域了。那就在自己的领域里大显身手吧，一只飞鸟是不用羡慕海豚比自己更会游泳的。

你可以除此之外什么都不会，你可以不必什么都会。

东边日出西边雨的闷热天气配上实习季，原本应该十分美好的暑假对于很多上海同济大学（嘉定校区）大三大四的小朋友来说，可能都不太美好，老曹最近听到的抱怨也实在不算少。

比如实习公司所在的地点太遥远，来回路上加上等车步行，将近3小时（毕竟校区是在村里……），先不说每天的实习补贴还没自己"吃饭+路费"花的钱多，光是每天一路小跑赶上短驳车去地铁站，再挤上根本不可能有空位的地铁摇摇晃晃进城，站得累了，挤得不耐烦了，就开始脑补离职申请怎么写。

再比如带自己的老师态度不好，犯了错就会不留情面直接斥责。最短的实习记录在老曹印象中是一周。周一去公司报到，上级让她做一个PPT，周三她做完了，被挑剔到近乎刻薄的上级从审美到逻辑数落一通，最后丢下一句"什么玩意儿，回去重做"。

于是第二天她带到公司的不是PPT，而是一封离职申请……

也有可能待遇虽然不错，却觉得学不到东西荒废青春，或是听到别人说其他公司有多好多好，转而心动。每天100元的工资却不用做事听着不错吧？可偏偏做的人要嫌弃无聊。每天东奔西跑学到了很多吧，但又觉得太累。怎么说呢，实习也是一座围城，里面的人想出来，外面的人羡慕不已还在挤破头往里钻。

其实吧，别说只是个实习，要不要跳槽这个问题就算放到已经有稳定工作的人身上，也还是一样让人头大。总会有朋友忽然有一天问出这个让你为难的问题：我想跳槽去干吗干吗，你觉得怎么样？举个极端点的例子，老曹的一个学生的妈妈，专业换工作40年，还是跨度特别大的跳槽，比如关了生意不好做的小书店，转而去考了导游证，当了两年导游觉得也不是拿钱玩乐这么简单，于是又想去做别的……

按照那个学生的话说，就是"每次放学回去发现我妈在家，就担心她又改行了"。

到底哪里是终点呢？从人类诞生开始，大概对自己的处境就心怀各种不满，故事里苏格拉底让学生去麦田里摘穗子，但是只能摘一个，要尽量摘大的。于是，他的一位学生性格莽撞，看到个头大的立马下手了，再往前走走发现还有更大的，便后悔不已；而另一位生性谨小慎微，在麦田里走啊走，反复权衡比较，一直走到出口处，忽然才发现自己一无所获。

我们总是想要更好的、最好的，想要远离一切麻烦和困扰。却又总是事与愿违。所以经过数千年的智慧积累，古人其实已经找到了一句颇有宽慰效果的话，叫作"家家有本难念的经"，应景一些说个大白话就是："哪里都不好混。"

当你想要退却，或是逃避一些困难的时候，这句话的确很有用。也许你在原来的地方觉得自己没出路、运气差，觉得领导不看重你、同事不喜欢你。可是换到另一个岗位，很可能结果也差不多，因为有些问题是具有普遍性的，比如实习工作往往从打杂做起，有些问题是自己的，谁让你做事情不仔细还拖延？

哪里都不好混，所以也别想东想西怨天尤人了，随遇而安一点儿不好吗？也许混着混着，就混习惯了呢？再坚持一下，就能看到转机呢？一遇到不合心意的事就躲开，也许躲来躲去，发现自己需要躲避的是全世界。

然而"哪里都不好混"这句话，说多了又不免带有一些消极的意味。很多用以安慰自己的话，说得多了其实都有点儿消极，甚至还会变成一种负面的自我暗示，让人沉浸在对自己的同情中难以自拔。

比如两个都过得不太如意的人凑在一起，互相比惨一番，然后齐齐感叹说："唉！果然哪里都不好混。"这种情况下，"哪里都不好混"也变成了一种逃避，倒不是逃避自己所处的外界困境，而是逃避自己无法努力改善困境的事实。

讲个老段子，白居易16岁的时候去长安，顾况看了他的名字，就开玩笑说："长安米贵，居大不易。"后来看了他的诗，立马改口说："有才如此，居亦何难。"

所以，究竟是那个行业那个公司不好混，还是因为你能力不够混不好呢？

重要的是有个正确的判断。

最好也别再忙着打听哪个地方好不好混。别人说好混的地方，你不一定也能轻松混下去。即使别人说不好混，你不去混，又怎么知道自己混不好呢？重要的不是你在哪里，而是谁在那里。你受不了领导阴阳怪气，也许别人就钝感力强不当回事。你觉得工作太清闲，打算边实习边复习的人可能觉得正合自己心意……

但你要是抱着"混"的心态，无论在哪里，都总有一天会发现自己混不下去。

逃避可耻，也只是暂时有用，无论怎么逃，都逃不开自己的无能为力。

所以下次想跳槽，记得先对自己念叨三遍"哪里都不好混"。

第一遍问问自己，既然没有什么地方工作又轻松、待遇又好、还能让你不断提高自己，那么换一个地方是否真的会对你更好？第二遍问问自己，是不是因为你不够好，才会发现自己在哪里都混不好？第三遍问问自己，要怎么才能让自己成为一个在哪里都好混的人？

该放弃的时候要放弃，正所谓及时止损，但永远都别轻易放弃。

"每次群里有人@我，我就高度紧张。"

今天和一个同事走在路上，本来说起什么事两个人都笑得不行，忽然一个提示音响起，她一秒变脸，低头看了眼手机新跳出的微信消息提醒，然后唉声叹气地开口。

见我一副困惑的样子，她又继续说了下去："你不这么想吗？就感觉一定不会有好事，究竟是谁发明出的群聊这种东西啊！"

老曹最近正好也在想这个问题。为什么微信群遍及大江南北，就连80多岁的爷爷都会把你拉进他刚建的家庭群，不就是因为方便吗？不就是为了给志同道合的人找一个交流空间，让世界更加和谐与美好吗？结果存在的时间久了，就开始变质，各种微信群生存法则或者是聊天潜规则喷涌而出，是否及时回复微信消息也成了情感的标准线……更不讲道理的是，别人给你发了消息，你还必须得回。

我原本只当笑话看，可前些日子的一件事真是让人大开眼界。

其实事情本来没什么，一次卫生抽查，正好前一天车队忙碌到半夜，走的时候已经疲惫到不行，整理工作就匆匆对付过去了。群里只是例行地发出检查时的照片，通知了一下检查结果，要求把桌面清理干净，因为桌上还留了一颗糖，相关负责人A就又半开玩笑地说了句："糖给我们留着的？"附上一个表情包。

真的没啥吧？这不是一笑而过或是半诚恳地道个歉就能解决的事情吗？

所以看到群里忽然有了要吵起来的迹象，到头来却丢下一句"这个表情包我已经忍了一次，不想再看到第二次"的时候，老曹内心也是懵懂的。

啥？发个表情包就直接上升到不尊重人的问题了吗？

"这个表情包，可能看上去有点儿嘲讽吧"，另一个人替我解答了疑惑，但我遇到的疑惑又变得更大了。

刚开学的时候班级家长群已经被拉出来吐槽过一轮了；学生实习时也总和我说起公司群里气氛忽然紧张，两个部门的人一言不合就开怼，令她无所适从；往往一丁点儿小事也要征求整个群的意见，联名上书的、投票的、接龙署名闹得不亦乐乎……

更有趣的是，偶尔碰到一些奇葩"群主"，忽然就手握大权了。比如之前老曹加过一个约打球的群，群主整天以自己想踢谁就踢谁为傲，星座和自己的前任一样要被踢，问问题问得多了要被踢，不发言也会被踢，不看群公告还要被踢……总之是让人无话可说，唯有退群。这都21世纪了，还搞独裁专政的吗？

种种问题凑在一起，人们似乎也就越来越不情愿用微信交流了。反正有什么重要的事情，我更倾向于当面谈而不是发微信。沟通本来就是一件考验能力的事，可为什么我们在微信群里会突然变得普遍情商低一级呢？

先说个别的事。

前几天一个学生出去交流半年回来了，换学分的时候出了点儿波折。"要打电话给那门课的老师"得到同意之后才能换成。也许是因为语气有些焦虑，老师觉得她脾气不好态度还差，火气也就上来了，甚至扬言这样子的学生只能给她不及格。

自从学校不及格的记录没法覆盖之后，哪个学生还想以身试法啊？何况那个学生也确确实实是在交流期间修过这门必修课，并且拿了个不错成绩回来的，自然也是一肚子委屈，朋友圈一条接一条地控诉自己受到的不公平待遇。

我劝她去现场找那位老师谈，她一开始还不太肯，觉得自己该说的都说了，是那个老师有问题。最后还是在我的催促下去了。结果怎么着？当面一说，老师就同意给她认证学分了……

我们经常担心自己语言表达能力不够，又担心没听清对方的话，而微信给予的，是一个看清对方所说，并且有足够时间思考如何回应的沟通空间。我们越来越依赖手机，却忘了语言不只是文字，还包括面部表情与行为举止，即使你不说话，一个手势也能让对方明白你的态度。你的话语也不止内容，更有语气。

就像彼得·德鲁克说的那样：沟通的关键是听到没有说的内容。

随便举个例子：

"你可太厉害了！"（附上一个竖大拇指的表情以及敬佩的眼神）

"你可太厉害了！"（一边说一边翻白眼，露出不屑）

傻子都知道前一个是夸你后一个是讽刺你，可如果微信上有人和你这么说一句，你是不是就得看上下文，自行判断句意了？

微信群就更烦了，因为消息一条接一条，有的人还没弄明白状况就开始发话，语境都搞得糊里糊涂。然后表情包也还要来捣乱，哭和笑还好分，有的就难判断了。偏偏人们心里又往往觉得自己"眼见为实"。

比如那个表情包，也是有一段往事的。据说有一次因为什么事群里被嘲讽，A就在最后发了这个表情包，于是这个明明分不清是震惊还是有趣还是啥的表情，就被定义为"嘲讽"了。最终变成一根差点儿炸成烟花的导火索。

正因为这些原因，括号的使用才逐渐成为一部分人离不开的方式。比如之前那句话就可以这么发：你可太厉害了！（没有说反话，是真心佩服！）可是这样多累啊……每天都在忙着解释来解释去，用文字解释自己的语气表情，还不如就去当面说呢。

沟通时除了前后逻辑连贯，摆明语境，还要注意的一点就是尽量内容简洁。尤其是在微信群里，或是和不熟悉的人聊天时，有事说事就好，别整那些表情和评论词什么的，也别嘻嘻哈哈发些无关紧要的……除非你真的想多给别人一个误会你的机会。

倾听别人说话的时候，别轻易觉得自己理解的就是事实。

要是真的不知道该说什么，沉默总比强行开口要好。

再加上两个人对话，不管说什么都还好收场，在群里就开始要面子要给台阶才能下。单独对话能深聊，群里对话没几句就连重点也找不着……那这群里除非"we don't talk anymore"，不然能不吵架吗？明明有语调和面部表情两大辅助，偏要靠文字和不一定能反映你表情的表情包单打独斗，也真是没法子了。

不过老曹这么说不是鼓励大家发语音，谁给我连着发几串长达60秒的语音，我还是一样心态爆炸。只是想说，有什么事不能当面说吗？要谈论、要沟通、要想顺利解决问题，当面总是要比微信更容易解决。哦，对了，也别把"当面"理解成微信视频通话，随时随地的视频通话申请简直就是毁灭人际关系的大杀器。男生可能还好一点儿，女孩子回去卸完妆换上睡衣了，你突然来个视频通话申请，我看你就是想被拉黑……没有在提前打过招呼的情况下发起视频通话请求，对我来说是种越界：不尊重个人的隐私空间，也不考虑对方的生活节奏。

如果没有办法一定要用微信，需要明确的一点是，微信最大的优点不是让你发泄情绪，而是克制情绪。如果这会儿心情正差，假装一下"自己刚才没看手机"是心照不宣的小秘密，冷静下来，想好了再回。

一旦被情绪左右，沟通基本就是无效的了。要是一个个火气都正大，说什么都容易撞枪口，更可怕的是，说出的不理智话语还能被遗忘，但是微信超过两分钟就无法撤回，撤回之前还可能被截图……在这么容易丢风度的场景下，说话真的要谨慎。

所以说到底，微信群真的不是吵架新工具，也不适合用来吵架。战火波及太大了，有啥事儿还是私聊吧。

拥有得越多，得到幸福的能力会越小吗

刚过完一波"圣诞+元旦"的收礼、送礼季，掐指一算又要迎来"春节+情人节"。铺天盖地的送礼指南从半个月乃至一个月前就开始搞策划了，要不要送礼物？送给谁礼物？送什么礼物？这些问题总是值得考虑一下。甚至对于选择障碍重度患者来说，还是个让人头疼的大问题。

前几天说起送礼物这件事，和朋友们聊起关于新年礼物的故事，深有感触。征得了他们的同意，想把这些故事和大家分享一下。

第一个故事来自一位好友。

她毕业后选择在工作单位附近租房，和同租的另外两个人关系都还不错，平时偶尔也会约着一起出去玩之类的。她一向不吝于对身边的人表达善意，想起来跨年夜时，也悄悄给她们准备了一份小礼物。因为住在一起，送礼物的时候还生怕厚此薄彼，让其中哪个不开心了，特意买了同一家店、价位差不多的项链，刷了一晚上手机，

还旁敲侧击地问了她们喜欢的颜色，才最终分别挑选了两人可能会喜欢的款式。

送出去的时候，女孩A正在客厅玩手机，接过来看了一眼，说了句"谢谢，挺好看的"，就顺手放在面前的桌上，继续和男朋友发消息了。B晚上没回来，她就悄悄放在那个人的桌上。

次日早上起来，她发现送给A的项链，依然放在客厅的桌上。A甚至忘了带回房间。直到她后来有些尴尬地主动提醒，A才想起来拿了回去，顺便炫耀了一下男朋友送给自己的昂贵首饰。

碰到女孩B的时候，她正在镜子前化妆，一眼看见她脖子上戴着的就是昨天送出的项链，B先是连连夸项链好看，当天就开开心心地戴了出去，又为自己没买礼物而愧疚不已，时隔两天回赠了她喜欢的电影周边。

A的家境并非特别优越，却从小被父母亲戚呵护宠溺，身上自带从小被爱的、没受过欺负的人才能够拥有的自信。而B则是在父母的争吵乃至分开中长大，永远安安静静的，努力掩盖着自己的存在感，对于如今和谐的室友关系也格外珍惜。

于是，朋友最后抛出了这样一个问题：是不是得到的爱和关注越少的人，才会越珍惜别人对自己的好？

勒内·吉拉尔的"互仿说"认为，我们变得希冀并最终爱上的，总是其他人爱的人。的确，你一眼可以在人群中找出那些被爱着的孩子，他们自信、安定且从容地展现着自己，爱赋予了他们可爱的底气，于是这样的人通常也更容易得到其他人的爱。但这不代表他们也一定会回馈以相应的热情，相反，锦上添花往往不足挂齿。

有这样一些人，他们并不少见，很可能就在你的身边。他们是大家出去玩时总是会忘记叫上的人，是挑礼物时会遗漏的人，是从不会开口索取，以至于我们习惯性忽视了他们的愿望的人。

可是一旦得到，他们也会比任何人都要珍惜。因为他们知道什么是失去。

第二个故事。

他收到了一份礼物，送礼物给他的朋友说"因为知道你喜欢，所以送给你"。于是满怀欣喜地收下了，特意发了一条朋友圈晒一下自己收到的这份心意。结果没过多久，在评论区发现自己认识的另一个人，也收到了同一个人送的同样一份礼物。

"送我的东西，就不应该再送一模一样的给别人。凭什么我要和别人共享啊？"他立刻有些不高兴了。另一个朋友附和了他，也觉得这样送礼物实在太没脑子了。本以为自己得到的是一份特殊的心意，结果别人来评论说自己得到了同样的东西，任谁都不会太开心。

友情和爱情里，都需要一种确信，确信自己是独一无二的、不可替代的。共享精神在这种时候也往往失效。"如果你给我的，和你给别人的是一样的，那我就不要了。"这话看似有些矫情，其实迎合了大多数人的心理需求。毕竟人一生会碰到那样那样多的人，在许多人的心里，你和别人没有什么不同，甚至只是一道背景墙。只有朝夕相伴、亲密无间的关系，才能够让人意识到，对方是那样的普通却又不普通，无论如何都与别人不同。

所以有一个朋友失恋了半年，忽然有一天又心情不好。我问她怎么了，她翻出前男友的微博给我看，那个大猪蹄子这样坦荡荡地写着：回顾自己过去的十几段爱情经历，感到一阵厌倦。除了两个人还比较印象深刻之外，其他的女孩子都没有什么不同，说着一样的话做着类似的行为，于是我也无法留下什么记忆，连她们的名字和长相身份都对不上号。

她一边哭一边说：我已经不喜欢他了，但还是觉得难过。和他掏心掏肺地说过那么多话，把最真实最深藏的一面展露给他看，结果他却觉得我无法让人留下印象吗？

我们除了在爱自己的人那里，还能去哪里获取"自己是特别的"这样一种感觉呢？她最后也只好发了条朋友圈说：没关系，我觉得自己独一无二就行了。

但或许，也不必对一件小事如此心存芥蒂。也许礼物是一样的，背后的心意却未必相同。也许他买你喜欢的东西给你时，那份心思是真心实意的，也许只是想不到该送另外的人什么，于是偷懒多买了两份送出去。这样的做法的确不能说无可挑剔，却也不能抓着这一件事不放，让自己默不作声地心凉。

要知道，母亲节全世界都是孝子，情人节也满大街都是真心人。

彼此的感情更多在于心灵间的呼应，而不只是外物的体现。

老曹也见过几对情侣，虽然很少相互送礼物，情人节没有玫瑰，七夕没有巧克力，却也一直感情甚好。给最亲近的朋友送的礼物也未必是最昂贵的，却是最诚心的。一个关系很好的朋友曾直接和我说"你圣诞节送我一本书吧，那本书我收到会很开心，你也不用费心想送什么了"。这样似乎也是不错的方式，尽管私心认为礼物还应该保留一些惊喜的成分。

甚至有一对老夫老妻已经不过情人节了。但是情人节那天吃完饭后，丈夫顺手拿了一个甜点，发现是妻子喜欢的口味就剥开递给了她。妻子开心地拿着甜点说："看，这是我的情人节礼物。"一桌人都笑了，却又有些羡慕，这个时代还有多少人能拿着一个甜饼像是拿着钻戒那样开心呢？就像用啤酒瓶盖做成戒指送给第一个喜欢的女孩那样，真正的爱情可以点石成金。

当一份礼物成为与他人的比较，或是成为衡量情感的标准，便往往已经变了味道。你是因为是他送的而开心，还是因为他送的东西合了心意才开心，还是说，你只是一心想要发朋友圈时收获羡慕？

希望下一次挑礼物的时候，即使有些费心，也怀着幸福。不考虑人情的互换，而只是纯粹的，看到一样东西，觉得你会喜欢，希望你能开心。给予是种幸福，收到的人若是喜欢就更好了，送礼本来就该是一件美好的事，不是吗？

绕了一大圈，无非是想说两句话：

第一，没有人无缘无故该对你好，所以无论得到了多少偏爱，依然要看得见真心。

第二，不要习惯性忘记那些沉默的人，他们不索取，却会格外珍惜。

Interiew：有些事，别怪我爆炸

"我都没干吗他怎么就生气了，这个人好奇怪啊。"

说出这样的话来时，也许你应该先对自己的委屈按一下暂停键。

扫雷游戏玩过吗？当你计算失误或者单纯在凭运气玩耍时，突然踩到地雷Game Over，这种时候你并不会把鼠标一摔、电脑一砸说"这个游戏怎么莫名其妙的"，除非你完全没搞懂游戏规则。

而在日常的社交中，也像在玩一个角色扮演游戏，你说出的每一句话、做出的每一个行为，都指向了后续发展的变化。一百个莎士比亚一百个哈姆雷特，每个NPC都有自己的性格特点，有自己的脾气和尊严，而一件事情在不同人的心中，重要性也都各不相同。因为你觉得问题不大，没那么夸张，而非要去踩，那也是没办法了。

当然，生活更加复杂，一个人突然对你生气，也不一定是因为你的原因。他今天工作不顺利刚

　　我入职带的第一届学生去年毕业了，入职六年从初始到送他们走，转眼一瞬。说舍不得，不想送他们走，也是徒劳。毕竟要放他们去社会闯一闯了。希望他们能爱他们所爱，坚持他们所坚持，让少年时灿烂的笑容多一刻停留在脸上，就算梦醒，还一如年少。

———

　　我在厦门大学嘉庚学院办的分享会，可能是我迄今为止最难忘的一次分享会了。同学们热情洋溢的样子像极了我当年带过教过的那些刚进校的孩子们。我很想念他们，不单单是因为他们的配合，而更多的是我希望能和他们多聊聊，也希望他们永远能记住在大学期间，有一个只见过一次面的老师告诉他们：生活就是热爱。

我生日那天收到了一堆橙子，上面用笔写着祝我永远骄傲。小时候，老师一直教我们不能骄傲。长大后才发现，其实活得骄傲又何尝不好？又何尝不是一种洒脱？愿你永远骄傲，永不气馁。

被同事甩锅、老板责骂，别的人带来的负能量让他承担不了，最终导致了对无辜的人乱发一气……但是你看，这个世界上没有无缘无故的恨，也没有无缘无故的脾气。

当你说"无缘无故"时，意思很可能只是：我不知道、不了解这个缘故。

会因为你逼迫他尝试某种食物大发脾气，也许是因为他真的过敏或者有过糟糕的体验；会因为你的磨磨蹭蹭感到愤怒，也许是因为他真的很忙，珍惜时间；也许他的确反感肢体接触；也许他是真的对虫子感到恐惧……

多的是，你不知道的事。

于是老曹随机采访了一些身边的朋友们，请他们说出自己的"雷区"。有些雷区在别人眼中看似无关紧要，不至于得到一个强烈的反应，但也许到了个人这里，就是100%会生气的事情。

1. 千万别迟到，否则会死得很惨；

2. 开车得快，快是其次，别老闯红灯或者开错路，我会彻底发飙；

3. 不回消息，回"哦"，回表情；

4. 不能让我等，千万不要让我等；

5. 有些问题，说过一次就好了，反复说，反复问，对不起，王炸；

6. 开错玩笑，或者在一群人面前开我玩笑。

——本曹

明知道你不喜欢大葱，不喜欢大蒜，还偏要你吃。

明知道你不喜欢某一种颜色，还偏让这个颜色出现在你面前。

明知道你不喜欢什么，明知道你的习惯，却要你改变，是很讨厌的事了吧。

——小公举

我经常各种原因爆炸的，但是100%发火的好像……并没有？emmm如果一定说一个的话，那就是：当我想找他的时候，他微信不回、语音不接、电话不接，那我肯定是要捶爆他狗头的，或者是我非常兴奋或者激动得分享了个啥，他回我一个"哦"或者"666"（这人经常这么干）我腹诽：嚯，这小子厉害了，必须得揍。

——李大小姐

在打牌的时候猪队友犯错啊。可能其他人觉得打牌就是放松就是玩，无所谓怎么出，我就会发火啊骂人啊，打牌要认真思考烧脑啊，想放松想玩你他妈的玩泥巴去！

——宋歌

我觉得还是有那么几件事情吧。

1. 踩了我一脚不道歉直接就走了的人；

2. 天气预报说是晴天，我穿戴整齐出门，结果下雨了；

3. 和我约好了一起出来，人也出来了，都见面了，结果突然有事当面放鸽子了；

4. 打麻将都约好了，结果有一个人不来了或者多带了一个人来；

5. 看电影，带婴儿来的，一直处理事情的，不仅处理事情发微信还要发语音的，更有甚者脱了鞋看电影的；

6. 临时安排的事情或者活动和我本来的计划有冲突；

7. 睡午觉的时候来的电话；

虽然是百分百发火，但是很多时候发了火也要自己给自己浇一盆水。

——徐老师

吃饭 bia 唧嘴，我包发火……尤其是坐我边上 bia 唧 bia 唧的……咋的，跟家里吃饭的时候没人教？还是一家人一起 bia 唧比谁声音大？饭好吃你就闷头吃，别来恶心人。

——陶小贱

对于我来说应该是——欺骗。尤其是恋爱中非善意的欺骗。

我本身就是一个敏感而有点自卑的人，不管是对自己的行为还是对对方的，都容易想多。所以我希望恋爱关系的维护都尽可能简单，而这其中重要的一项就是对对方的诚实。当然，我会首先要求自己对你诚实。我可以摸着良心说，在每一段关系中，我撒过的谎都是为了保护对方的善意的谎言，而没有因为一己私欲去利用她的信任。

如果有什么不好的事情，请不要骗我，因为我渴望你的真诚；如果不得已，请不要让我知道真相，因为有时候有些真相我也不想知道；如果对此不以为意，请离开我，因为你辜负了我的真诚。

——马导

在饭店吃饭的时候同学想尝尝我点的饮料，一边问着一边就把叉子（干净的）伸进我的杯子里了，我当时就拍案而起，其他人都惊了。

——戴老板

我脾气很好的，一般不生气。不过，我自己的东西要是没经过我允许被拿走了或者弄坏了（尤其是我很看重的那种），我就100%会发火。

——杜大师

碰到自以为是，跟其说话他听起来心不在焉的我会比较烦。比如他问你喜欢什么，书、电影、吃的，你说了他又要不停打断你并驳斥，或者跟他反复讲了的事情两分钟以后又跑来问。（但是依旧很少发火，一般就直接默默删好友）

——小马老师

作为一个蒙古族男生，其实是超烦别的人（尤其是同龄男性）碰我的头的，不晓得别的盆友（朋友）怎么想，在蒙古族习俗里允许另外的男性碰触自己的脑袋是提前臣服和上下级关系的体现，只有长辈和尊者才能够这样做的，同龄人这样做真的很不礼貌，但又没法爆炸，只好心里默默发火啰……希望大家以后都体谅和了解一下少数民族同学的特别习俗。

——蒙古少年

平时不太生气，属于能忍就忍。记忆中第一次怒火攻心（好像是8岁这样），一起玩的小伙伴们说要教我养的小鸭子学飞，把它从半米高的地方扔下去。虽然小鸭子没受伤，但是之后再也没理过他们……大学里唯一一次和好朋友的冷战持续了5天，因为我再三叮嘱猫不会和仓鼠当朋友的，她还是趁我不在把仓鼠从笼子里抓出来给猫闻，然后被猫抓掉了一撮毛。

这么说吧，你踢我可以，你要是踢我养的宠物，我搞不好会持刀行凶。青春期以后业务范围还拓展了，你骂我可以，要是说我喜欢的人一句不好，马上给你表演翻脸无情。

——上官大人

可能我是对别人的触碰比较敏感吧，每当夏天的时候，穿着短袖和别人坐在一起，别人不经意碰到我胳膊的时候我就会特别难受。上初中那会儿，我闺蜜和我认识没多久，她走路的时候总喜欢抱着我胳膊，一开始我就只是装作若无其事地把胳膊抽出来，但是她"锲而不舍"地抱着我胳膊，最后我用大力甩开了她胳膊，她一脸蒙。

——吴老师

最不能忍受的，应该是借我的书，不仅折页，还在上面做笔记。

我们有的人会认为书就是拿来看的，就应该在上面做笔记。但是我个人对书别样的爱护，对于课本无所谓，但是对于非课本类，自己买的书，我自己很多时候一本书都不舍得在上面写一个字。因为我内心特别受不了平平整整的书，中间有一页被折出一个永远不可恢复的折痕。

但是当遇到这种事情我可能也不发火吧，因为我很难向别人解释我对书的这种保护或者情感，又或者对于保持一本书的完整和干净的那种心理洁癖。

所以，如果当这种事情发生了，我会不开心，并且很有可能下次不会再借给他任何书了，因为我认为这是一个人的习惯，他肯定改不了的。

——张博士

被人不小心扯到头发。

——田老师

说我胖。

——马修

给我炒的菜里放了香菇。

——张航天

我好像真的没有这种事……那种到我这里100%会变脸的算吗?(比如在街上遇见没有拴绳子的狗,我会——发慌、闪躲、溜得远远的)

——Allen

金星说的一句话,印象很深刻:偏见往往是因为不了解并止步于不了解,要赶走偏见,就别轻易在了解之前轻易下判断。

别因为对方大发脾气就觉得他性格古怪,因为眼泪就觉得他脆弱不堪。比起用情绪去面对这件事,最后两个人不欢而散,更重要的是理性分析,好好了解一下他的脾气。除非是圣贤、高僧,凡人不可能没有自己的脾气……如果你很重视一个人,请正视他的雷区,不要用"踩雷区"的愚蠢方式考验感情。

不过也要分清楚"在意别人感受"和"在意别人看法"的区别,尽可能体谅,尽可能保持同理心,但不要把任何事都归结在自己身上。比如你说今天天气很好,对方爆炸了因为他讨厌你的声音,那就是他的问题了,没必要一味迁就对方。

总而言之,做人还是小心一点吧,不要为所欲为,非要说自己不care别人的感受,那也随便你。谨言慎行真的没有错。

朋友，醒一醒

认识你真好

仙
仙

曹卢，是我的朋友！

他身上有很多标签，光是称呼也有不少，曹老师、曹大森、曹网红、老曹……

可是我还是喜欢叫他：曹卢！

初识曹卢

算了一下，认识他居然也已经有好几年的光景了！可我现在还能想得起来第一次见面是在什么地方，许是他本来就是个不容易被忘记的人吧！

他，是个很会考虑别人感受的人

与他初识的那会儿，在一个小小的餐厅喝下午茶，别人跟我介绍说，他是个大学辅导员。我当时脑子里闪过的就是：辅导员？约等于生活老师？还不教课的那种？还能享受一年两次寒暑假期？那不是"爽歪歪"！！！

席间朋友离场，我一度怕没话聊而尴尬，我是个慢热的人，却又尤其害怕会冷场的情境。可我没想到的是，他会主动带话题，会带着你走入他的聊天节奏，不会让你有任何不舒服的感觉，让人如沐春风。

他，是个爱美的人

稍稍跟他熟了一点儿，有时候不免会互相开起了玩笑：

"哇，你好土哦。"

"哟，你今天很美哎！"

在认识他以前，夸男生我不会用美这个字，我身边的男生仿佛也从没有过如此花枝招展的类型。他总是能做一些大胆的尝试，就比如在寒冷的冬天，他会穿个八分裤，特意露出那一截袜子，又比如他喜欢把自己打扮成一只花蝴蝶，或者变成一颗大柠檬。就好似不这么干的话，自己不是个时髦精一样。

美的人似乎总会得到多一点的宠爱，在哪儿都能轻易变成视线的焦点。在这样一个看脸的时代，他能在学生中如此受欢迎也就一点儿都不奇怪了。微笑。

他，是一台不会停止供暖的"中央空调"

中央空调这个词儿，我觉得还挺符合他的人设的。他对学生、对朋友、对同事、对客户，都在时刻散发爱的光芒，仿佛是他们的贴心小棉袄。虽然他时常说自己脾气不好，可我印象中还真没见过他跟谁红过脸或者吵过嘴。

我记得曾经调侃过他："你真的是面面俱到，没毛病。"他回我："是啊，但这又有什么不好呢，至少我不会变。"

或许吧，情商高的人都这样，知道在什么场合该说什么话，做什么事儿，永远懂得把握时机和分寸。也难怪大家都会喜欢他。

可中央空调偶尔也会有失控的时候……

他不久前在自己的公众号上写过一篇文章，大意就是过生日那天，大伙儿都失踪了，没人跟他一起吹蜡烛、吃蛋糕。于是，宝宝不开心了！宝宝在你们过生日的时候为你们呕心沥血，你们怎么那么忽略我呢！

私下了解了一下情况，我劝他以后就不要花这么多心思了，如果你花的心思和精力不被对方好好珍惜，究竟值不值得?!

可是，有些人可能就生性如此吧，曹卢应该也是属于这一类人，人们把它归为"付出型人格"。在得到了别人的道歉之后他又释怀了，在传递爱的道路上继续发光发热。

我曾经一度以为，我跟曹卢只能成为泛泛之交——虽然彬彬有礼，礼数周到，却又总是不经意间跟你保持着一丝距离和生分的那种。然而在后来的很多接触中，我又会发现，很多事情不是我看到的或者是我想象中的那样。

他，真的很忙

后来我才知道，他有一门"汽车文化课"不仅在同济大学授课，他还会跑去上海外国语大学为大一新生专门上课，并且获得了上海外国语大学"最受欢迎十大教师"的称号。

后来我才发现，原来辅导员并没有我想象中那么轻松，一个年级几百个学生，每人每天问一个问题，就很有可能会被这些问题淹死。更别说偶尔还会出些幺蛾子等着你去处理了。

睡得比狗晚，起得比鸡早，说的大概就是他吧，可是他仍然精力充沛。我说："你就睡这么点儿时间哦！"他自嘲："年纪大了。"

在我看来，他这么忙无非出于对工作的责任心还有那股认真的劲儿。委托他做的事情没有办得不漂亮的，在这浮躁的社会里，身边能有这么一个靠谱的老师、同事，又是何其有幸！

他，就是"曹不可思议"

好像就没有什么事情是曹卢搞不定的！

手足无措，不知如何应对的一些困难，他会给你贴心的建议；

感情上遇到了挫折，向他倾诉，他会帮你分析问题然后做心理疏导；

工作上碰到傻子了，你跟他吐吐槽，他除了帮着你一起骂傻子外，可能还会说说你的不是；

要完成一个方案或者一个项目，他总有 plan A 和 plan B，永远有后招；

想要出国旅游找吃喝玩乐的地方，我一定会找他，因为他给我的答案肯定会跟各大网站推荐的地点不！一！样！

他就像个百宝箱，打开总会发现有惊喜！

跟他相处的时间长了，慢慢会发现他其实也是个骨子里挺傲娇的人。他不是不愿意跟你敞开心扉，只是要看你是不是那个对的人而已！

他也有喜怒哀乐，有撒泼耍无赖的时候；

他也有看到一个人很不爽，被怼了但是不会立刻回击你，可能会默默记在心里的时候；

他也会傻到看一部综艺片泪眼婆娑，然后跟我说"啊，好感动啊"让人无语的时候；

他也会有累得不想动，什么都不想做，却又不得不硬着头皮继续折腾下去的时候……

他怕麻烦别人，什么事儿都想着自己一个人包办了，把你舒舒服服伺候好，你开心可能我也就开心！

这就是他吧，在我眼里真实的曹卢。

我最近看到蔡康永接受了一个采访，里面提到了这么几句话：

"在人生里，你终究有一天要做选择。得到别人的认可，就是你要的吗？"

我有时候挺佩服曹卢的，他有勇气去做出一些决定，不为了讨好别人，只为成就更好的自己！

我的身边虽然没有蔡康永，可是有一个曹卢啊！

认识你真好，我的曹卢！

老曹弄人

王学禹

一

2019 年，可能是来上海 8 年都避开踩井盖修来的福分，我被邀请撰写一本新书的序文。这对于毕业后就未曾完整地读过一本书的我来说，实在有些难度。但可能因为混迹新媒体行业多年，有了"文字工作者"的 title，盲目自信的我还是爽快地答应了这个事。

我的序呢？请问《我眼中的曹卢》呢?！掉阴沟里去了啊！

完了，他来催稿了……

二

2018 年，他在杭州开了第一场新书分享会。看了一眼手机上的时间，不冲突，路程也只需要开车两个小时，就决定去凑个热闹，很轻松又随意的决定。

不大的场地来了几十个陌生人，他在现场侃侃而谈，每个话题都应付得自如又不失礼仪。我在现场用相机专注地拍着照片，认为一切都是理所应当，因为这就是他平时 hold 住全场的样子。

结束后我翻着相机里的照片突然想：如果相机里的人换一个，会有怎样的表现呢？其他人坐在无数陌生人目光的焦点上，拿着麦克风，又能说出怎样的话呢？

后来他的公众号里推送了一篇文章，写道：

在分享会开始的前一分钟，一辆红色的车子出现了，那一瞬间如果非要形容，便像是等了很久的流星突然划过天空，你很开心却使劲儿让自己冷静，因为怕错过一个愿望。

那时我才明确意识到，他曾非常担心分享会到场的人数会少于礼品的尴尬情景，他当天普通话考试结束没赶上火车的窘迫，以及他感谢出席第一场新书分享会每个人的真诚——一个轻松又随意的决定，却能用流星来比喻和赞美。

真是"活该"从一个做公众号的变成作家！

三

2017 年，做公众号码字儿的还能吃上最后一口体面饭，因为经营着一个粉丝量不小的公众号，一个虽然有不少僵尸粉、但是被认证的微博黄 V，所以当时都戏称他为"网红"。

"网红"经常出席各种名媛出没的高端活动场所，并且总能找到清新独特的拍摄角度，撸上一组高端大气的九宫格发朋友圈，要不是朋友圈里偶尔掺杂一些党建活动的无评论转发，我甚至会怀疑他是不是真的辞去大学辅导员的工作，转型去做"网红"了。

"网红"聊天总是会不经意间透露出一些让人用"握草"来感叹的事情，比如某电视台又发来拍摄邀请；比如某品牌邀请他去泰国体验豪华酒店，同行或有国内某知名流量小生；比如他说他已经为自己人生的第一本书筹备很久了。虽然我心知肚明，有些事情可能并不一定真实，但是还是会感慨——

"一个人要有多少精力，才能在处理好琐碎且繁杂的学生工作之余，还能把公众号、微博以及个人运营打理得这么井井有条的？"我曾经用其他话表达过类似的疑问。

"啥？""网红"双手拇指飞快地敲着手机，头都没抬，"习惯就好啊！你要知道当老师的，对自己的时间管理是最基本的职业素养，You know……"

我真的懒得听他嬉皮笑脸地讲大道理。

四

2016 年，经过几次挂科重修之后，我终于幸运地参加了自己的毕业典礼。

那次毕业典礼他是负责人，对于负责过无数大型晚会、校友活动甚至校级会议的他来说，应付下自己的学生还是轻松的。

毕业典礼作为我将近20年校园生涯里最有仪式感和荣誉感的时刻，遗憾的是关于流程、安排以及细节我都不记得了。

关于那天，也可能并非那天，唯一的记忆就是毕业典礼之后的散伙饭上，看到一个个喝得泪涕满面的学生，深一脚浅一脚地去给曹老师敬酒，我选择理性地离开了。

不是因为感情不够举起那瓶青岛啤酒，而是觉得这位老师承载太多学生交织的感情了，我可能要排队很久。

后来在一次教师节上，我非常俗气地在淘宝上订了束花，并且写了句当时散伙饭局想好的祝酒词：感谢没教过我却教我最多的老师。

五

2015年，跟大部分学生干部一样，我被他这位老师各种使唤。

所谓学生干部包括但不限于班长、团支书、党支书、学工办助管等，只要你的title上有任一以上标签，基本都要跟他打打交道。

不过说来奇怪，大部分学生不仅不排斥这种所谓"工作安排"，甚至还跟他"称兄道弟"起来，那时候都叫他"卢哥"。

自从我记事儿以来，能跟学生打成一片的老师，除了卢哥，只有我的幼儿园老师了。

六

2014年，那一年只有小部分人知道，注册个微信公众号更新点小作文，以后就能成网红、成大V、成KOL了。

他就是那小部分人。

并且还拉上了我。

当时不知道谁带头喊起他"老曹"，说这样显得亲切没有距离感，能更好地做好公众号的内容。

于是，曾经最讨厌语文，每篇作文都靠引用名人名言来凑够800字的我，走上了一条被称为"文字工作者"的道路。

真是造化弄人，不，老曹弄人！

七

2013年3月，学工办新来的一个学长通过邮件安排我做一份校外兼职。

工作内容是通过微信搜索附近的人，就是当时刚刚推出的爆火搭讪功能，来通知他们到指定地点免费领取酸奶。

那是我人生中第一桶金。

也是我第一次见到邮件落款写着曹卢的那个人。

没被曹老师拉黑的那些年

初识曹老师是三四年前的事了，过年的时候我有些感慨，和他说："原来已经认识这么久了。"

他说："是啊！这么久了我怎么还没拉黑你！"

……

这话当然是戏言，尽管他的六大雷区我能踩一半，比如他不喜欢人迟到，不喜欢别人不回他消息却在朋友圈蹦迪……但这个人吧，说白了就是刀子嘴豆腐心，什么事情做不好了，肯定是要听他微信上竭力用文字表达咆哮的心情，但从来不会不管你或放弃你。这样的老师，打满分怕他骄傲，给个九十九分吧。不过近来这人倒是随着年龄增长愈发心平气和了，一百分指日可待。（此处应有掌声）

第一次见到曹老师是因为要拍一个宣传片，主角是他。找我帮忙的朋友给我发了张他的照片，问："帅吧?"

我："哇，好帅！"

第二天早上去了，朋友指着不远处一个胖胖的中年大叔说："这就是曹老师。"

我当时都愣了，半天才蹦出句话："那照片P得太厉害了吧……"

然后旁边一群人开始狂笑，曹老师本尊正好从墙后绕出来，十分困惑："你们笑什么？"

这才反应过来是给他们骗了。

不过幸好，他本人的颜值没让我失望。那时我还不怎么看娱乐圈新闻，对男明星所知甚少，后来刷到娱乐圈新闻，就觉得王大陆长得有点像曹老师，李易峰也有点像曹老师。为什么说幸好呢，因为我在宣传片的拍摄中要帮的忙是：假扮一位他的迷妹。

看看成片，我的花痴表情多少有几分真情实感罢。

我那位朋友还骗了我一件事，说曹老师已经四十多岁了，偏偏他自己也爱自称是中年人，以至于我在很长一段时间里对此深信不疑。不对，也是有点疑问的，四十岁的人怎么看起来这么年轻呢？但相信也不是没有理由的，或许是他有着和年龄不太相符的成熟度，为人处世实在不像个三十岁不到的年轻人。所以有时候，一些事情想不通了，搞不定了，会习惯性问他，仿佛他无所不知，什么事都能办得游刃有余。

可惜认识久了就发现，这人就是看着聪明，内心塞着的尽是傻气。有多傻呢？那时候只去帮过一点小忙，朋友就给我寝室送了点杨梅，我要谢她，她说是曹老师出去旅游时摘的，让她给我们几个认识的都分一点；生日时要在办公室给你留蛋糕；送书送日历要在扉页给你专门写祝福；曾经随口请他在我喜欢的人面前多多美言几句，他那几天就朋友圈里替我刷存在感刷得简直刻意……

你说，这种人傻不傻？时间多宝贵啊，他整天always online给你熬鸡汤，还特别把工作当回事，每天大事小事忙不过来。常言说事不过三，他也没少以热碰冷，还是不知悔改，非要诚心待人，只是后来中央空调的温度范围缩小了一点，实在不值得的人就不管了。这样挺好的，人和人毕竟是相互的，诚心祝愿他也能多遇见一些内心同样温暖的人。眼看着这些人凑在一起，才会觉得未来是有希望的，世界会变得更好的。

不过即使他是这样"自来熟"又待人处事有分寸的人，在最初认识的半年里，我还是保持着一点距离感，或者说比较公事公办。大约是因为我慢热得总是还没热就凉了，也或者是他的光环太盛，让我觉得只要能跟别人说"我认识曹老师这个人"就已经足够与有荣焉。

结果到后来还是恭敬不起来了……印象里是有一次提起彩虹合唱团，他说有一首歌他起初都没敢听：《外婆》。告诉我他和外婆关系很亲，但最后外婆离世时，他因为工作和连日从学校到医院跑来跑去太累，睡了过去，那时是凌晨。于是，他晚上睡觉时，手机再没静音过。在他说这些话的时候，我忽然就意识到，对面的这个人是在试图把内心敞开的，他有自己珍视的感情，有自己的遗憾与歉疚，也会难过。

可惜我那次还没来得及酝酿好安慰的话，他已经又嘻嘻哈哈开起了玩笑。也许他就是这样的人吧，不愿意沉浸在负面情绪里，也不愿让别人为自己的情绪而感到为难。从那次以后，聊天就多带了一些真心，也慢慢意识到，每天总是发感叹号，无时不刻打鸡血的人，生活不一定比你容易，只是他们更会自我调节。看上去大大咧咧的曹老师，内心其实比一般人要更加细腻。外加上三观意外地合拍，不知不觉间就不太把他当一个严肃正经的老师去尊敬，而是有些朋友甚至可以说是好友的意味。想必他教的学生们也有同感吧。

前面虽然讲这人傻，身上还是有不少优点可以学习一下。比如我一直很羡慕他的生命力。生命力这个词听着有点玄，怎么说呢？就是那种时时刻刻能够重整旗鼓，不怕挫败、不惧疲惫的力量。

一天都是24小时，我看个书遛个狗就总觉得精力耗得差不多了。他呢？要工作、写文、录电台、旅游，生活安排得满满当当。有些事让人高兴，有些事让人不高兴，他却不会给你摆一副丧气脸。多半有脾气就发，发过了就不怎么记仇了。这点不是很像天蝎男。所以与这样的人一起做什么项目，你不会觉得累，因为他把什么时候做什么事理得清清楚楚、安排得明明白白，从不拖泥带水，又时常带着对生活的热情。

我挺烦他这一点，毕竟我三天两头丧得不行，可跟他说话，你老觉得自己丧气得可笑，悲伤得毫无意义。聊什么？不聊了，自闭了，人生还是要过下去。所以说，适当的"毒舌"也没什么不好，有些病啊，一针下去就好了。

一次教师节，他的学生给他发祝福，大意是"虽然没有上过他的课，但从他这里学到了最多"。同样的，我其实也从来不是他那个专业的学生，从来没上过课，却也学到了很多。实习时碰到的问题，感情里的困惑和不解乃至工作方向、是否要考研都习惯性问他。

他也从不和你说"你得按照我的意思去做"这样，只是说自己的看法，让你自己去决定。与人交流时，他也总是真诚的，并不因为年龄而看轻你，只是平辈相处，道理对了就行。

讲了这么多，发现好像开始夸他了，这样不行，还是得讲讲这个人不足之处，比如自恋。因为他自恋太过，以至于我基本上一年只夸他一次，春节的时候或者他生日的时候。平时看他那个理所当然的样子，回个"哦"就算客气了。讲话还贼扎心，我随随便便就能翻个数条罪状，比方说去年年底的一句"你真的活该单身啊"，今年年初还给我举例论证了为什么我单身……关键我很多时候问心有愧，顶多反驳两句就敢怒不敢言了。

当然，我也是会报复的。比如有一次我室友问我曹老师长什么样的时候。扯个题外话，为什么室友会问起他？因为我们学院莫名其妙有一批学妹明明是学艺术的，却跑去听什么发动机原理，就为了看一眼曹老师的长相。不过她们马上就后悔了，因为他居然用GPS定位点名，以至于学妹们最终沉痛地在朋友圈发表感想：好看的男人都有毒！

　　总之，我千辛万苦地找了张表情管理零分的照片发给室友，不动声色地说："他长这样。"

　　既然现在还能活着给曹老师写这篇文章，说明他其实脾气很好，不记仇。

　　要不然就是君子报仇十年不晚。

　　这么三四年了，觉得他一直在变，有些珍贵的泠泠作响的东西又始终不变，其实这也算是可贵之处。见多了人到中年生命进入停滞期，视野狭窄顽固至极，他倒是保留着那么些闯劲和开放性。上一本书名《也许事实不是那样》或许就能体现出一些来——我有我的观点，但我也不一定对——他怀着这样的态度去看世界，才能够耐心地倾听别人，迅速地成长。

　　那么，希望他继续成长下去，外界也许赋予了他许多定义，但我祝愿他永远不被定义。他不是为了成为什么样的人而去做一些事的，恰恰相反，他做许多事是因为他本身就是那样一个人。如果要让我总结一下自己眼里的曹老师，大约可以说，知世故却依然有棱角，知进退但依旧行事果敢，知人性复杂却还愿赤诚温暖。

　　祝愿他保持这份锐气。

　　　　　　　　　　　　　　　　　　　　　　　　上官

从课堂到大染坊

　　世界上最难的事情之一，一定是让我只能用一个词语概括曹老师。可能是因为我与曹老师的交集并不局限于一个方面，所以很难仅仅用一个词来准确地概括这种多元的关系；当然也可能是我的语言功底还不够深厚，所以无法找到合适的言语来表达所思索的意图。无论如何，能够作为曹老师新书的撰稿人，此份荣幸不言自喻。我也终于得到一个难遇的契机，可以让每一位读者都看到我眼中的曹老师。

　　我第一眼遇见的曹老师，是一位在讲台上谈吐翩翩，书写着潇洒板书的人民教师。作为一名教师的曹老师，上课仿佛从来不需要讲义。每一个要点，每一句说辞，都好似在脑中早已演绎百遍，随时能脱口而出。只要是曹老师的课，每一节都是座无虚席，每一讲都是当晚热榜，甚至吸引到许多同学前来旁听。可能曹老师自身携带了一种奇特的气场，能够让课堂成为每一位同学的思维殿堂，让讲台成为百双眼睛共同的焦点。

　　我第二眼遇见的曹老师，是一位善于展开头脑风暴，运筹帷幄的领导。作为我第一任领导的曹老师，在工作上宛如一位天才的"暴君"，对工作细致入微的要求甚至一度让初出茅庐的我不能理解。直到我有了更多的工作经历，才明白他对于工作的这份苦心并不是无故的劳心，而是对事业的精心。当然他可以是对细节吹毛求疵的恶魔，也可以是给予不凡灵感的天使。作为一名自媒体的从业人员，敏锐的时尚嗅觉和永不枯竭的创意头脑是能够超越常人的必需品。同我一样对着电脑苦思冥想半天却还是憋不出文案，应该是每一位自媒体实习生的常态。一次又一次，我被逼无奈向曹老师求助，看到自己手中的难题被如此轻松地化解，总是瞠目结舌又不禁自省。虽然如今已不再全职奉献于自媒体，在第一份工作中学到的见识、增长的技能让我终身受益。被曹老师领导又过的我，走遍天下都不怕。

　　我第三眼遇见的曹老师，是一位在生活这个大染坊中，对我述说着谆谆教诲，时而无奈摇头又时而欢心赞叹的朋友。作为一名难得的益友，曹老师可以是我拜读的一本故事汇，也可以是天天见面的好兄长。身为处世未深的青年，我需要曹老师为人处事的标杆和教导；身为初出茅庐的旅行者，我需要曹老师游览世界的经验和攻略；身为时而迷茫的赶路人，我需要曹老师对社会、对行业老练清晰的见解……何为朋友？朋友就是在泥潭中互相扶持的伙伴，是互相追逐的目标。虽说到不了"一死一生乃见交情"的决绝，但是两个人能给予对方提升的欲望，就是朋友的力量所在。至少有了曹老师的陪伴，在这条道阻且长的奋斗之路上，我知道一切都不会那么糟。

　　每个人一生中都会遇到许多过客，他们路过了，只留下淡淡一笔痕迹就挥袖而去；而我很幸运，有曹老师在我最需要朋友的时候，不惜笔墨为我画下了一抹重彩。与曹老师的缘分，始于课堂，深于社会；任重道远，来日方长。

张子阳

关于热爱

　　我时常在想，有多少人可以有幸将自己所爱的作为自己的事业。我想，曹老师就是这样幸运的人。

　　关于热爱这件事，说法太多了，"热爱还是会被生活的琐碎消磨""有一件热爱的事情真的很酷"，诸如此类。但我想，只有幸运的人才最有发言权，我们只有慢慢地经历累积再去诉说。我为我自己有热爱的事情而庆幸，而我从曹老师身上看到的，是对于所热爱的实现和坚持。我说这些并非是恭维之辞，我认为一个人对于生活的态度、自己的看法，是可以从谈吐中有所体现的。虽说距离上次见面已有时日，但他讲述的故事、心得都还记忆犹新。辅导员这份工作带给他的那些欢喜和忙碌，讲述时幽默的语气都给我留下很深的印象。

　　我认为一个喜欢记录生活的人，一个喜欢观察生活细微变化的人，一定是热爱生活大于厌倦生活的。我们面对生活通常是在这两者之间摇摆不定，哪个比重更大，哪种态度就是常态。曹老师就是这样的人，他喜欢记录生活，我认为他就是这样一位热爱生活的老师。"爱是疲惫生活的英雄梦想"，我很喜欢这句话，内心充满爱就足以去抵抗生活的琐碎和生活带来的疲倦。关于我的未来所要遇到的困难我无法估量，但我希望从曹老师那里汲取关于爱和生活的方法。

文字的力量是不可估量的，听了关于新书的分享会之后再去读这本书，就会越发体会到他对于这份事业的喜爱。他的眼中是有火光的，是明亮的，还有谈吐之间的幽默感，我都可以感受到他是享受着生活的。什么样的老师是好的老师，我想很难定义，并且因人而异，但我认为，热爱一定是基础，虽说这个词老生常谈，但似乎也很难找到一个近义词去表达。热爱并且永远保持那份热忱，就会成为学生眼中的好朋友好老师。曹老师一定就是这样的老师。

关于我自己的热爱，我不得不提，因为我对于自己的未来职业规划就是去成为一位辅导员，虽说似乎这样的职业听起来会很枯燥，日复一日单调的生活，整日的格子间转动座椅，也不会有多么惊人的收入。但我从曹老师那里看到这份职业可以因人而异，可以有多姿多彩的模样。我喜欢的是学校单纯的氛围，相较于残酷的社会环境。在有限的职业空间里，创造出无限的期待，对于生活和未来的期待。我想，有机会，我还是想安静地听曹老师去讲述那些平凡的生活里的小故事，那些对未来的小期待。

厦门大学嘉庚学院《黑眸子杂志社》　秦彤

秋日里，阳光下，蓝天空，黄杏叶，大道宽，风微凉，一个人，心暖暖，只因待，佳人侯。

看似平静却又永不停息，这是水的性格；包容得无边无际，那是天空的性格。站在水与天之间，人或多或少得向这个世界学点儿什么。

你啊，醒一醒

你，是我现在最大的欢喜

　　人活在这个世界上，在特定的时间，一定会出现一群特定的人。无论你此刻是孤独寂寞，还是掌声环绕；无论是踌躇难耐，还是光环笼罩；无论是不是在同一个地方，他们会冲过波涛汹涌的人群，跨过层层阻挠，穿越滚滚车流，走向你。

　　《也许事实不是那样》的首发站定在了杭州后，我的情绪状态便开始起伏不定。这是一种非常奇怪的感觉，是就连我高考都没有出现过的焦虑感和矛盾感。焦虑的原因是怕现场空无一人以及不知所云，矛盾是我一直没有因为我的焦虑而去一遍遍磨当天的工作流程确保天衣无缝。Y小姐问我："你紧张吗？"我说："不。"事实是我真的不紧张，我只是担心。

　　杭州站定下来后，我偷偷和我爸妈提过一嘴，当时还开玩笑和他们说那天把家里杭州亲戚都叫上去捧捧场，凑凑人数……而真的定下日子后，我却怂了，想默默地办完后给他们看点照片就好了。不过在分享会前两天还是告诉了他们，给二位定了火车票安排好住宿，希望他们能来。事后想起来，或许是因为我真的焦虑，所以希望他俩可以在，哪怕就算出丑了，还可以找人靠靠，反正我什么丑没给我爸妈看过，我是在他们身上找安全感呢，现场有那么一股熟悉的味道会很安心。

我焦虑的状态持续了近2周，而这个状态我只和身边两个很亲的朋友说过，他们两听完在聊天群里打了无数个"哈哈哈"。时不时就来刺激一下："现场到时候只有2个人怎么办？一个我，一个他！哈哈哈！"诸如此类。他们想用这样的玩笑让我觉得没多大点儿事儿。如果记得没错，我和他们采用了和我爸妈一样的态度：你们别来，周末请不要折腾。我只是不希望身边最亲的好友会看到我出丑。但是我知道，他们一定会来。果真，他们开着车从上海飞驰到了杭州，我站在书店的门口等他们，我和主持人蒋老师说："他们不到，就请别开始。"在分享会开始的前一分钟，一辆红色的车子出现了。那一瞬间，如果非要形容，便像是等了很久的流星突然划过天空，你很开心却使劲儿让自己冷静，因为怕错过一个愿望。

有人说这和遇到心上人的感觉是一样的，我觉得不一定，应该是遇到对的人。

分享会的前一天的晚上11点左右，我忽然觉得有点困，这感觉挺好，因为意味着我不会因为晚睡而长出黑眼圈。我吃了一颗褪黑素睡了过去。也不知睡了多久，我迷迷糊糊地醒了。睁开眼发现天还黑着，看来是生物钟的时间到了，磨磨蹭蹭地想着睡回笼觉反正闹铃会响，结果倒是越发清醒起来。打开手机：1:13，是的。凌晨1:13······大脑皮层缺氧发麻，问了自己三遍怎么会？怎么会？怎么会？可是就再也睡不着了。翻来覆去暗示自己：睡啊睡！而大脑给你的答案全是：没人怎么办？今天发布会，万一话筒没声音了怎么办？那一刻，我真希望自己身边可以有一瓶茅台。我睁着眼睛等到天亮，期间睡着过一次，历时25分钟左右。深夜的上海，也会有安静地让你可怕的时候，挺孤独的。

　　你能想象分享会开始经历了什么吗？之前随便报了个考试拿到准考证后，大致记了个月份便扔一边。那天在上班的时候突然瞥了一眼考试时间，冰冻、定格、冷汗······10月20日上午10:00······很好，我的分享会下午14:00在杭州，而我的车票是11:10，而我去火车站最快也要40分钟。这也就意味着我10:30我得出考场。问了很多有经验的人，得到的答案都是：不可能。我决定提前去考场，看看有没有机会提前考试。是的，幸运的是考试时间可以提前，我9点到了考场，却用了1个半小时排队，轮到我考试的时候是10:15，我大约用了13分钟完成所有卷子，出门打车，等到了火车站已经是11:33。妥妥地"误机后"。购票软件显示所有去杭州的适合时间段的车票均已售罄。我冲到售票口，用了人生最大的哭腔说我一定要买到一张去杭州票。还好，我坐到了人生中第一次的高铁商务座，虽然只是去一小时远的杭州。13:00我到了杭州，我和书店里的人说，如果我14:00没有赶到，那我们就视频吧。杭州的交通看起来并没有比上海好，甚至可以说更差，导航地图的深红色让我恶心。到达书店时我的上半身全部湿透。不知道你有没有过这种感觉，一种出了很多汗却并不是因为热，而是一种因肾上腺素极速上升而控制不住自己汗腺分泌的无奈感。那时候，我就是这个感觉。

在书店遇到了我的舅舅和舅妈，他们本该是在武汉回上海的火车上，最后决定改签，落地杭州。我在书店收到了两束花，一束来自我的姐姐，一束来自我的出版社编辑。我在书店遇到了分享会的主持人蒋老师，她当天正在闹肚子，去了好几次厕所。我也遇到了我的合作伙伴夏明升。我是在14:00遇到的他，在这之前，蒋老师、我、夏明升并没有任何机会彩排，我们三甚至都不曾考虑过是不是要有个流程。蒋老师和我说："你放心，有我。"你知道一个女人对男人说"你放心，有我在"是什么感觉吗？便是林青霞演东方不败时英气高大又让人觉得信服的样子。

我的焦虑在分享会正式开始后烟消云散。因为在我看来，人数是让我满意的，虽然有4个是自己的亲戚，但好歹也有很多我不认识的人。当然，兴许他们是冲着夏明升来的。没事，也可以成为朋友嘛。也有真的看到宣传来捧场的，我很开心。

我记得现场有个朋友问我怎么看待一个问题：我们都在"你应该怎么做""你应该懂事""你要好好读书"之类的教导里长大，却从来没有人和你说"你应该要开心的生活"。感谢你，你让我逮到了一个机会能感谢我父母。整个分享会，我一直在等这个机会。其实，他们又怎么不知道要你开心地生活呢？可是在他们眼里，无论怎样你都是小孩，所以他们只是担心你不会生活而已。就像我妈妈一直在问我是不是要送给我一束花，要不要给嘉宾带礼物？像个小孩似的怕失了体面。其实她不是怕自己失了体面，还不是操心我被别人吐槽不懂事。结果不曾想，她还被梨视频采访了一下，据说紧张得花容失色。

分享会在丝滑般柔顺的对谈里结束，签名售书环节里，我给每个人都留了挺多话的。蒋老师笑着说："你看吧，几场过后你会麻木的。到时候你只会写：曹卢。"我想应该还不会。这个"不会"回答的是我不知道还会有没有下一场；当然也是回答她的问题，在我经历了那么长一段时间的焦虑后，所有来捧场的人都是我的抗焦虑药。没了他们，要完。

直到现在我敲键盘的时候，我才恍然大悟。这哪是焦虑，分明是面子问题。我只是怕在自己在乎的人面前失了面子才会不安起来。归根到底，俗人。毕竟，我希望他们看到的我，是个状态不错的人。

我曾经私底下和Y小姐说，我还挺自卑的。好像我做什么都不太好的样子。Y小姐说："那就好好对每一个觉得你做得很好的人。因为他们是真的在捧场。"

有朋友加了我的微信说："曹老师，你人真好啊！"我说："哈哈哈，趁着没有红，抓紧对粉丝好一点。"其实，哪里来的红不红，是因为你们对我好，我在回报你们呐，傻瓜。

我得和我的编辑说声抱歉，因为我一直说他并没有对新书宣传很上心，而我真的误解他了。其实他其实在默默帮我和各大城市书店找关系，然后陪着笑脸给他们端茶送水喝酒……有一天，他给我发了个消息："我还在喝，我今天不回去了！老子明早还要给几位大爷送早饭。"我说："你真的够了，别这么做，我没有想让你这样。"他说："没事儿，咱谈下来之后就可以去很多地方，去好多书店，然后我们就可以加印，完了咱出第二本!"

多么热血的少年啊，感谢你。

其实我只是一个不知名的人而已啊!

最近我认识了很多人，他们出现在我生命的新的旅途里，我觉得挺好。因为他们是一群因为通过分享会和读了书才加微信的人。他们有的在公司奋斗，有的是自己创业，有的会每周在马路上跳舞唱歌，然后把赚来的钱捐给需要的人……

曾经有个人和我说，人和人的相识，是因为一种熟悉的气息。兴许我和这些人的相识便是那一缕燃香的青烟，化作一缕香气蔓延在你生活的无限度空间里。他们会穿过人海，披荆斩棘，披星戴月，风雨无阻地向你走来，在你需要的时候，给你搭一把手。

我抬起头，冲他笑一笑：你好，很高兴认识你，我叫曹卢。

今天一姐（我经常拿来当案例分析的女同事）看到我，问了我一句：

"你怎么了？平时那么 cheer up 的人，今天怎么那么 down……"

我一下子解释不清楚，又不想诉苦，只好说："可能是因为下雨天吧。"

昨天我和学生开了一个分享会，有个学生问我："曹老师，我现在做着社团工作，又在学生会干活，然后我还想着创业，又想去企业实习……当然最重要的是我虽然成绩不是特别好，但也在努力学习，我拿到了奖学金，可是我越来越感觉力不从心，但是又不知道怎么去协调……就想问问你怎么办啊？"

我说："我和你一样，最近感觉自己到了瓶颈期，工作已经把我压得喘不过气，还要兼顾公众号、电台，还有朋友、同事、家庭关系等等一系列事情，时间的安排已经不受自己控制了，感觉随时都在被牵着鼻子走。我尝试着抽出一天放弃一些事情，结果发现并没有想象中那么重要……"

我最近刚过了自己的31岁生日。生日那天，按惯例我给一层楼的同事们买了小蛋糕，给自己办公室留了个整只的，想着大家凑在一起吹个蜡烛吃个蛋糕也算是过了这生日了。然而直到下班也没等来大家，我在群里问："你们什么时候回来？"可是似乎大家都在为工作各处忙碌着，有的人过了好久才回复"马上就来"，有的人干脆就没回复了。

我和一姐说："走吧，我们把蛋糕吃了。"于是，这是我入职以来第一次，没有听着生日歌、吹蜡烛就切了蛋糕，走之前我在所有人的桌子上各留了一块蛋糕，群里留了个言：回来记得把蛋糕吃了……

虽然不想太矫情，但心里确实会有一些失落。一直真心实意对待别人，偶尔也希望能反过来被温暖一下，为什么这么难呢？当然也理解，那几天确实工作上的事情比较多，每个人都有各自要忙的事。可是，切个蛋糕其实也就是三五分钟的事啊。

一个朋友和我说："你不要再做中央空调了！对该好的人好就够了，中央空调就是没有存在感，不管付出了多少，大家都觉得你是应该的，就算要做也做暖宝宝，这样才会让专属的人觉得温暖。"

另外一个朋友则说："没办法啊，中央空调是骨子里的特点吧！其实我也是这个类型，所以即使没有得到相应的回报，也不会很难过。因为不让我把大家照顾周到，我也做不到哈哈。不过，即使再体贴的人，对不同的人也会有区别。总有一些人是特殊的存在。"

我当晚想了一会儿，也曾犹豫过要不要以后学着冷漠一些，不要再总是寻求人间温情……结果第二天中午我问大家有没有空一起吃个饭。你看，其实中央空调就永远是中央空调，改也改不了的。

过了31岁生日后，我发现了自己的一点儿小转变，回顾过去一整年，还真的发生了很多事儿。比如出了本书，又开始了自己的新书分享会。因为学校的力挺也报了很多奖，虽然大部分都只是充当一下分母，拉低平均获奖率而已。工作内容的调整，让自己接触了一些新的领域。在那些自己过去不擅长的领域里，在慢慢摸爬滚打中，当所有新的、旧的、擅长的、不擅长的都出现时，就特别像拨浪鼓一样挑拨你的生活，跟在漩涡中拼命往上爬一样的带劲儿。

31岁的男人，似乎也开始有点儿自己的小脾气了：

最明显的一点就是拒绝人设。这一年来，有很多人希望把我包装出一个人设，比如带着网红光环的老师；比如斜杠青年；比如不务正业；比如新时代的高校老师……换作以前，我都会一一答应表示感谢，毕竟这也算是一份认可或者是期许。但是这一年，我说得最多的一句话便是：别了吧，我还是想安安静静地做个老师。不要加那么多光环了，感谢厚爱。人设很可怕，就像一只曾经非常自由的雏鹰在好不容易成为一只老鹰后被拴了一根铁链子站在一根杆子上，因为那个杆子就是你的人设。

可是为什么要这样过呢？我不愿限制自己的空间，我只需要昂首阔步自由前行，别管我要去哪儿，别问我要去哪儿，因为我也不知道答案。只要不走偏，就接受所有的可能性。人是会变的，要接受这一点，无论对别人还是对自己。

要时时刻刻记得礼貌。曾经我一直觉得对人好是一种本能，只要有这种本能引领就够了。直到后来，我才发现懂礼貌是比对人好更重要的事儿。微信让我们不会说话，但是更让我们忘了存电话号码。这是我犯过的错误，每当接到陌生来电，总会一句官方的"您好"，电话那头却是："你连我的号码都没有？"瞬间觉得这真的不是一件好事儿。所以我学会开始回归记号码的状态，甚至开始在每个微信好友的名字后面加上他的生日。最近一个月，我在每天的清晨都会打开支付宝和微信，输入当天的日期，看看当天是谁的生日，发个祝福。过了30岁之后，你会发现，一些很久不说话的人，也开始可以慢慢回归你的朋友圈。人到中年，总是会想起来很多过去的事情，曾经抛弃的很多东西又慢慢让你怀念，你也想要尝试寻回。

去认识不一样的人。我自己的这个圈子说大很大，说小很小。这一年我新认识的其他领域的人，可能比前30年加起来都多。比如做酒店的；比如做旅游的；比如做共享办公的；比如做书店的；比如学哲学的……签书会举办的时候，甚至连别的学校的学生会学生也认识了一大圈。

我曾经很不喜欢做社交达人，现在也不。因为人生还有很多事情等着我去做，辅导员的工作已经要每天与各种各样的人打交道，替学生解决烦恼了，剩余的时间和精力只够我联系自己想联系的人，对自己喜欢的人付出。只是出于习惯，我会有礼貌地介绍自己也记住对方，在需要的时候给予帮助和问候。

我很感谢这群人，打开了我许多未知领域，这对于读书不多的我来说是一种财富。比如，我在北京一个很偶然的下午，走进了鼓楼的小酒馆，认识了他们的老板，结果半年后，老板搬家来到了上海，现在做起了区块链。神奇！最近我和他不再是聊酒，而是聊啥时候来我们学校做个分享会？

要多运动咯。我是为了签书会才开始减肥的，我和我一个热爱运动的学生说，你要保证我一个学期瘦20斤。学生看着我说没问题，然后就开始了私人定制的魔鬼训练。每天坚持跑上一个小时，从夏天跑到了秋天，一学期没到，瘦20斤的目标就达成了。不过不知道为什么，这个学生在监督我锻炼的同时，自己却默默发胖了10斤……

曾经有人和我说跑步会上瘾，因为运动20分钟至30分钟后大脑会释放一种让人产生愉悦心情的激素，那时我不信。现在我不得不承认自己错了。跑步有多可怕呢？坚持跑了一段时间之后，哪怕是带学生出去比赛，我都会带上球鞋，绕着酒店外围跑一跑。看到适合跑步的小路就会觉得脚痒……相信我，在你觉得心情特别烦闷、身体特别紧绷或者浑身乏得很的时候，去跑一跑，也许你又会马上振奋起来。而且瘦下来之后，人真的会开心，照镜子开心，买衣服开心，甩掉了赘肉以后的轻快感，也让自己更加充满活力。

多读点书，多写点字。我是从今年开始学会读书的，指的是正儿八经的读书，而不是以前那种碎片化的阅读——偶然有时间了就打开手机阅读或者kindle看两眼什么的。我一直有买书的习惯，看到最近推荐的好书都会先买下来回家供着，但是自打工作以后，通常是买来了就放着了，直到最近我才终于开始拆包装读文字。

怎么说呢，纸质版的书会有一种魔力，这种魔力是和电子版不一样的，是有温度的。而且翻了几页便会特别有成就感，原来今天又念了那么多字。我也开始重新拿起笔写字了，当我发现自己写的字越来越丑的时候，我决定必须要改一改这样的陋习了。于是我又开始练字了，字是真的写着写着会越发好看（不过首先要保证自己有一定审美……），而且也会养气，是气质的气。我也会开始装作很老派地在衣服内侧夹上一支钢笔，也许这支笔没那么名贵，但是总会提醒你，自己是个文化人，不要老和人怄气，要保持修养、不动声色。

遇到问题千万不要只会吼。我有那么一段时间，只要发现不顺心的事儿，就会发脾气。而发脾气又只有一个套路——吼，似乎嗓门越大就越能让别人知道自己错了。以至于同事说他们在办公室老听到我的怒吼……不过现在我渐渐在学着收敛，学着自我管束，因为当我发了一通脾气后发现其实只会在感情上赢得胜利，在其他方面却没有丝毫效果。

我一姐们儿在我每次发脾气找她吐槽后就会问我："你到底是希望让对方别再犯错了，还是只是释放压力？"我说："当然是别再犯了啊。"她马上说："是啊，既然只是希望对方能够做好事情，那就好好地说，约着多喝几杯咖啡几顿酒，在茶酒里解决问题。别动不动就发火，那挺没品的。"

"没品"这两个字还真是让我上心了，毕竟我的梦想是成为一个"有品"的人。所以自我反思了一段时间后，我学会了把自己做过的事儿流程化，记录下来，并且在需要注意的事项上做一些备注。就算以后自己用不到，还能传给别人。纯当是自己的工作总结呗。这样在工作交接的时候只要给对方一份pdf就可以了，看不看是他自己的事情，我就把心放宽一点儿。

外出时偶尔结伴。我本来是一个完全不适应和朋友一起出门旅游的人，上本书里也吐槽过：想要绝交或者分手就可以出去旅行一下。但是在这一年里，我好几次都选择了和朋友一起出门。以前觉得有人带着挺烦的，行程安排得考虑对方的意见，买哪一趟机票、吃什么、住哪里都得再三商量，不能随心所欲地到处乱跑。现在却觉得无人时独行，缘分到了就结伴也挺好，毕竟人生不是一个人过就可以的，旅行也是。几个人的结伴虽然免不了会有些习惯上的差异，但是也变相地让自己学会享受其中的那些奇遇记。更何况，几个人凑在一块儿还可以多点一些菜，而不至于又想多多尝试当地名菜却又担心点多了浪费，也可以多点人帮你拍照呢。学会接受别人的性格、别人的脾气，也是一种学习。

听点儿非流行的音乐。不知怎的，曾经只听流行音乐的我，最近开始迷上歌剧了。我把这种爱好称为"变老"……写文章的时候听，在办公室的时候听，睡前甚至洗漱时都会在房间里放着。我也不知道这是什么时候培养出来的习惯，像是大脑在背地里一点儿一点儿接受着，然后突然有一天给我发指令：你现在喜欢听歌剧了。我们同济大学一直在宣扬高雅艺术进校园，邀请了很多名家来学校开音乐会作讲座之类的，我自己总算也在耳濡目染之下和高雅沾了一点儿边。其实听这些也没啥特别的，不该用来自我标榜什么，喜欢什么不是喜欢呢？不过也许真的是因为听不懂，所以也不会跟着唱、跟着哼，反倒是更专心起来。

回归非电子生活。我心底一直不太相信电子的东西，辐射什么的就先不提了，关键是不稳定。比如有一段时间我走到哪里都在脖子上挂着蓝牙耳机，一方面是当作配饰，另一个自然就是方便随时随地接电话、听歌而不至于影响到别人。有一天我正打着电话呢，发现了耳机里发出一阵"嗞嗞嗞"的信号干扰，紧接着就没电了。这时候我就无比怀念插孔耳机，虽然它老缠在我各种衣服上，虽然它看上去不是很优雅，虽然我有时候也会忘记带，但是这是唯一一个打电话不会断电、听音乐不会断电的工具了。包括手表也是，在用了一阵智能手表之后，我又开始用起了我的机械表，夜深人静的时候听着钟表嘀嘀嗒嗒地走着，那种节奏感和持续性会让你感到安心。

学会照顾别人。2018年带着学生去意大利学术交流的时候，最初大家都开开心心地吃着比萨牛排，没两天就开始喊，想念米饭和小炒，尤其想念火锅。于是，我尝试着给这一群人做了几顿饭，虽然很累，却很开心。当你面对一群喜欢的人然后选择照顾他们的时候，你会发现用心是件很珍贵的事儿。

人这一生，也没多少人会让你去照顾。所以好好珍惜你愿意照顾的人，毕竟你也长大了。如果你喜欢他们，就给他们体贴和爱吧。我曾经也是一个会照顾别人也很体贴的人，之后因为发生了某些事又觉得单方面的付出不值得，不过最近我倒是改变了这样的思维。如果你喜欢，为什么对方不配拥有你的付出呢？就是这么简单的道理。

付出是不需要回报的，因为在付出的同时，其实也收获了一份满足感。那么，别人的态度也就随缘吧。我想对你好，与你无关，与我有关。

少年，醒一醒

说实话，我是没有计划第二本的。

我曾以为我人生只会有《也许事实不是那样》，第一本也是最后一本。不曾想，我的责任编辑在一次分享会的庆功宴上和我说接下来第一本书计划再印，我们筹备第二本……什么？还有第二本？当时我心一下子非常清晰地"咯噔"了一下，《也许事实不是那样2》这么快？

我在睡前突然给他发了个消息：要不新书就叫《少年，醒一醒》，第一本书让大家知道现实和理想的差距，第二本该醒了。没想到他一下子就同意了："就叫这名，我都能想到封面是什么样了！这名字不错！"就这样，书名竟然在我俩的聊天中意外获得。因为知道了出版规律，第二本书果然比第一本快很多，从文字到布局，前后基本花了一个月时间就定下来了，如果不算我的拖延症的话……

我一直在想，第二本和第一本的区别是什么？

如果第一本从头到尾是主观层面的解读，那么这一本将会是一本主观和客观相结合的新体验。我邀请了6个朋友来写序和跋，虽然这个数量非常夸张，有凑字数之嫌，但是我还是坚持了。曹静老师是我人生的伯乐，是她带着我接触了大学辅导员这份工作并认定这是一份带着光的终身职业；肖晶是我过去一年新认识的朋友，却在我生命中留下了绚丽的色彩，正如序里写的，她让我重新认识了北京，当然，我也带着她重新认识了上海，不夸张地说，我愿意承认在过去一年里，我找到了一个相见恨晚的知己；钱钱是我的责编，照道理责编写序的情况不多，但是他强烈要求，也是我希望的，他这一年陪着我走南闯北，就像他说的，已经成了我非常坚实的后盾，我感谢他一直无怨无悔地陪我去了所有的分享会，并且给了非常棒的点子；蒋老师是《也许事实不是那样》第一场分享会的策划人，是她让我对第一本书的推广有了信心，也是她让我明白就算在一个没有知道谁是曹卢的地方，我们一样可以收获听众；大宝，我是他粉丝，与其说是粉丝还不如说是好友加支持者，我们的关系很微妙，不多的交流、日常的点赞是我们最平凡的互动，却一直有一根线能牵着彼此，兴许我两都是走"小众"路线的吧，我在听他演唱会的时候很能联想到我自己的分享会，没有声嘶力竭的荧光棒，哪怕只有一个观众，我们都会坚持下去，这并不傻，而是源于热爱。

新书的一个章节叫"朋友，醒一醒"。这是我邀请了好几个特殊身份的朋友给写的命题作文"我眼中的曹老师"。我希望能从他们口中说出"不务正业"的我。仙仙是我自媒体路上的忠实守护者，虽然现在合作关系不在，但是她一直是我最想感恩的人；鳕鱼是我的学生，后来我们合作创办了我第一个公众号，如今他自己也是圈内非常著名的自媒体人，可以说他参与了我所有的"不务正业"，当然我也顺势把他拉下了水，难兄难弟；上官参与了我第一本书的校稿，当然更多的是因为作为一个非汽车学院的学生与我理不清的关系，用不恰当的关系来形容我们，我会选择用"soulmate"；张子阳是我在上外开设选修课时候认识的课代表，那时候只是觉得这孩子懂事，却不曾想到等学期结束，我俩倒跨越了师生关系成了朋友，与其说我带着他见了很多市面，还不如说他让我觉得这孩子孺子可教；黑眸子杂志社是我在做新书分享的时候，在厦门大学嘉庚学院认识的一群可爱的孩子，热情、可爱、真诚，当晚的分享会可能是我走过那么多地方最印象深刻的，而这样的友谊让我和钱钱许下诺言，第二本，我们还会回来。

　　新书在几个章节结尾的地方增加了些许旁观者的看法，希望延续《也许事实不是那样》告诉大家，每个人都有自己的脾气和习惯，我们不是机器人，没有同样的程序，碰到了地雷，谁都会易燃易爆炸。可是生活都还得继续，你说是吗？希望新增的这些小环节，会让你读出自己不一样的见解。

　　当然，你也会发现这本书多了点色彩。是的，在我们走访各个学校的时候，很多人都在问我为什么没有图片。于是，我在第二本的时候加了些许平时的摄影，毕竟我还是个旅行博主。简单的图片和温暖的文字，希望能伴着你在读这本书的时候不觉得无聊，你可以把他们当作休息的驿站，然后继续下一个——远方。这些文字和灵感都出自我和一个很棒的才子的交流中，当然是靠酒精慢慢积攒下的情感。他的名字叫黄剑秋。一个细腻温暖又那么点耿直的可爱男生，我很喜欢他的这些温暖的文字，时而让我温暖一笑，时而又让我心中一纠，时而让我想起一些不曾泛起的回忆……是啊，谁说文字没有力量，酸酸的、甜甜的、苦涩的，都在里面相互作用着……

　　我一直在想，我是幸运的。第一本书出版后，我一度非常灰心丧气，提心吊胆，担心销量不够、担心宣传不够、担心分享会没有人来，这都是未知世界带来的恐慌，我整晚整晚睡不着，甚至在第一场分享会的前一夜睁着眼到天亮，如临大敌。有那么一瞬间，我想放弃所有的宣传活动并且不想承认这本书是我写的。可是我遇到那么多可爱的人支持我，让我的梦想得以延续，他们在我前进的道路上披荆斩棘、冲锋陷阵，唯一的目的就是让我有条平坦的大路可以闯荡。

　　我要感谢的人很多，比如同济大学的义不容辞，给了我非常多的机会在各个层面宣传；比如每站分享会的策划：悦览树的蒋瞰老师，南图文创的骅玺老师、陆逸老师，厦门的方伟航老师，深圳"青年论坛"的校友会同事们，上外的刘俣老师，杭州的 Andrew、Yoyo、小跑、Nobby 等……当然还有我的父母、家人和学生们。在没遇见你们之前，我不曾想到我会受到那么大的眷顾，你们一点点的支持让我能勇敢往前冲，让我重拾信心。一个人的能量是由自己的心理建设和外界的支持双重积蓄的，很多人羡慕我有着用不完的能量和精力，其实我想说，哪有用不完，每次当我精疲力竭想打退堂鼓的时候，是你们把力量借给了我，让我不放弃。人生是美好的，友情更是无暇的，是你们把我的心事拥入怀中，欢喜猝不及防，时岁的脚步踩碎了无言的躲藏，心底那些鲜活的愿望，是我眼里泛着晶莹的泪光。

《少年，醒一醒》出现了很多人，与其说是我的作品，不如说这是一代人的结晶。是该为这本书做个结尾了。我答应我的学生在他们毕业之前把这本书搞定，我争取，我尽力，我也希望你会喜欢。

结

尾

十年

初识求贤十年痒，
后引育才五载忙。
热忱谈心树榜样，
真情解惑立担当。
秋兰作佩紧跟党，
破浪扬帆再远航。
谨记忠言希莫忘，
青春建业勿迷茫。

同济大学汽车学院党委书记　曹静

他就像一个行走的小太阳，一直在照亮身边的人。

如果有一天，你落入一个荒无人烟的小岛，只能带上一人，我建议我你带上曹卢，有些事，有些人，你经历过才能明白他的好。

初见他，他是蜡烛；

再见他，他是霓虹灯；

现在看他，他是太阳；

他折射的色彩是什么颜色也无法替代；

他怀抱的温暖是我这辈子最难忘的温度；

他不仅是光，更是我生命的全部。

图书在版编目（CIP）数据

少年，醒一醒 / 曹卢著 . -- 北京：作家出版社，
2020. 4

ISBN 978-7-5212-0608-1

Ⅰ . ①少… Ⅱ . ①曹… Ⅲ . ①散文集 – 中国 –当代
Ⅳ . ①I267

中国版本图书馆CIP数据核字（2019）第124292号

少年，醒一醒

作　　者：曹　卢
责任编辑：李　夏
装帧设计：薛　怡
出版发行：作家出版社有限公司
社　　址：北京农展馆南里10号　　邮　　编：100125
电话传真：86-10-65067186（发行中心及邮购部）
　　　　　86-10-65004079（总编室）
E-mail:zuojia@zuojia.net.cn
http://www.zuojiachubanshe.com
印　　刷：河北鹏润印刷有限公司
成品尺寸：145×210
字　　数：176千
印　　张：9　　　　　　插　　页：16
版　　次：2020年4月第1版
印　　次：2020年4月第1次印刷
ISBN 978-7-5212-0608-1
定　　价：42. 00元